E. Bernard, Imprimeur-Éditeur, Paris.

Petite Collection E. BERNARD

N° 31

# La bande à Chicot

*Par Paul Segonzac*





E. B.

PARIS
E. BERNARD, IMPRIMEUR-ÉDITEUR
*29, Quai des Grands-Augustins, 29*

# La Bande à Chicot.

## I

— Expulsé, moi ! Chicot ! le grand Chicot !

Le fait est qu'il avait six pieds, une taille déjà raisonnable, et, en ce moment et toutes les fois qu'il lui arrivait de parler de lui, il paraissait en avoir douze.

Et il fallait entendre son verbe méridional, son cuivre de Toulouse, un trombone éclatant, tonitruant, tel que lorsque son propriétaire discutait à la terrasse d'un café, les chiens qui passaient par là hurlaient comme à un orchestre de saltimbanques !

C'était ce que Chicot appelait sa voix numéro 1. Fort heureusement pour les oreilles de ses amis, il en avait une autre, la voix numéro 2 celle des heures tranquilles où l'artiste restait lui-même, tel que sa mère l'avait fait, une petite voix très douce qui semblait viser au chant d'oiseau et, sortant de ce corps de six pieds, ne laissait pas que d'ahurir encore.

En ce moment, il discutait avec sa concierge, et c'était la voix numéro 1 qui fonctionnait :

— Expulsé, moi, l'espoir de la sculpture française !

— Je sais ça, M. Chicot ! répondait la concierge sans trop s'émouvoir, habituée au cuivre de Toulouse.

— Moi qui ai failli être...

— Prix de Rome... Je sais tout ça, vous me l'avez assez souvent répété ; mais en fait de prix, il y en a un que vous oubliez trop facilement, c'est celui de votre loyer. Voilà le quatrième terme en retard...

— Et après ? Est-ce qu'un homme comme moi devrait avoir des termes à payer ? Est-ce que le propriétaire, s'il avait pour deux sous d'amour-propre national... Mais non ! il n'a rien, cette brute-là ! Ses termes ! Ses termes !... Eh ! va donc... Enfin, quoi ! C'est dit ? On m'expulse...

— Demain matin, M. Chicot.

— En sorte que je n'ai plus qu'une nuit à passer sous ce toit inhospitalier.

— Oui, M. Chicot.

— Eh bien ! — Ici l'espoir de la sculpture française reprit sa voix des causeries quelconques, la voix numéro 2 et ce fut comme une petite flûte succédant au gros trombone — permettez que j'en profite. Je me couche tout de suite...

La concierge rigola au changement de voix, et elle fit observer :

— Il n'est que six heures du soir, M. Chicot. Il fait encore grand jour...

— Ça me changera des fois où je me couche à six heures du matin, et je rêverai que je suis un bourgeois, comme cette brute de propriétaire... C'est décidé... Je me couche !

Là-dessus, Chicot, le grand Chicot enleva d'un coup sa veste et son gilet. Comme il déboutonnait son pantalon, la concierge prit la fuite.

Il n'était que temps.

Tout à coup, éclatant de rire, son grand gamin de locataire lui jetait :

— Eh ! mame Patissou, pour la dernière fois qu'on se voit, attendez donc que je vous montre ce que vous n'avez jamais vu !

Et c'était uniquement là que voulait en venir l'espoir de la sculpture française, le presque prix de Rome, à en faire une bien bonne qui graverait à jamais son image — et quelle image ! — dans l'œil scandalisé de sa digne concierge.

C'était, d'ailleurs, un garçon de talent qui aurait pu beaucoup mieux faire que des farces.

Il avait eu d'excellents débuts et réellement frôlé le prix de Rome ; pendant des années, il avait sérieusement travaillé et produit de jolies choses ; mais le succès qui se traduit par des commandes n'était pas venu.

C'était le découragement qui était venu, et alors l'espoir de la sculpture française avait versé dans la bohème; il s'était enrôlé dans le bataillon des incompris farouches qui attendent en culottant des pipes que sonne pour eux l'heure de la justice, et qui s'offrent des acomptes sur les revanches futures en se payant la tête de leurs misérables contemporains.

Il n'avait pourtant pas complètement renoncé à travailler, et de loin en loin, il s'y remettait, sentant bien que c'était à lui de donner le coup de pouce qui avancerait l'heure de la justice. C'est ainsi que, ces mois derniers, il avait rêvé d'envoyer au salon quelque chose qui fasse sensation dans le grouillement des nus classiques, Dianes bandant leur arc et Vénus tordant leurs cheveux :

Une *Parisienne à la mer*, une *Baigneuse* riant à la vague qui venait fouetter ses charmes.

Et c'eût été évidemment très moderne et très joli et peut être sensationnel, d'autant que pour cette œuvre il avait découvert le modèle idéal, Mlle Lydia, une tête de parisienne, correcte et spirituelle, sur un corps d'une irréprochable pureté de lignes.

Il s'était mis à l'œuvre, repris des fières ardeurs d'autrefois ; malheureusement ce beau feu n'avait pas tenu. D'abord, il l'avait gaspillé à faire la cour à son modèle et, Mlle Lydia répondant à sa chanson, le but des séances de pose avait été presque complètement perdu de vue. Puis, s'autorisant du pouvoir conquis — oh ! oh ! c'est une impératrice ! — Mlle Lydia s'était mise à faire des scènes, à laisser voir le fond de sa nature amoureuse, une jalousie de tigresse.

Et enfin, la purée avait soufflé en courant d'air glacial sur le fantaisiste ménage, et, un beau soir, Mlle Lydia avait disparu.

Et Chicot, resté seul, en tête-à-tête avec l'ébauche de sa *Baigneuse*, était retourné au bataillon des farouches incompris — et voici qu'on l'expulsait le lendemain matin.

Il se coucha et dormit quatorze heures de suite.

A neuf heures du matin, il se réveilla en sursaut.

On carillonnait à sa porte.

Il se souvint.

— Ah ! ah ! ce sont mes assassins ! clama-t-il en une réminiscence d'Hernani.

Il sauta à bas de son lit et s'habilla à la hâte.

Cinq minutes après, il descendait l'escalier, les mains dans ses poches, l'air fatal.

Il entra faire ses adieux à la concierge :

— Mame Patissou, on vient de commettre un crime dans votre maison ; la postérité jugera !

Et il s'en alla.

Où ? Il n'en savait rien.

— La société est mal faite ! remachait-il. Elle n'est pas comme Lydia, la société...

Et ce souvenir de la jolie envolée ajoutant à ses rancœurs, il découvrit tout de suite ce qu'il avait de mieux à faire.

Il s'arrêta à la terrasse d'un café et se fit servir une absinthe qu'il savoura lentement, à petites gorgées, en fumant sa pipe et réfléchissant :

— Oui, la société est mal faite, mais l'absinthe a du bon... et Lydia était un bien joli modèle ! Pourquoi n'est-elle pas là ? Ah ! les femmes ! Il n'y a pas que l'hirondelle pour s'en aller quand vient le froid !

Il soupira bruyamment, si bruyamment qu'un homme

qui passait très vite, l'air affairé, se retourna pour lui lancer :

— Dieu vous bénisse !

— Ta bouche ! trombona rageusement l'artiste.

Le passant s'arrêta net, et souriant, la main tendue :

— Tiens ! M. Chicot ! J'allais chez vous !. Une bonne nouvelle, mon cher artiste !

Chicot salua :

— Ce ne sera pas de refus, mon cher honorable !

Il avait reconnu son député, le député de Montmartre, un bon garçon, une âme d'artiste, qui se plaisait à répandre autour d'elle un peu du soleil dont elle débordait :

— J'ai enfin réussi dans mes démarches, je vous ai décroché une commande du ministre.

— Hein ? Vous dites ? sursauta l'espoir de la sculpture française.

— Une commande officielle... Vous pouvez passer voir Roujon...

— Roujon-le-Magnifique !

— Très gentil pour vous : il vous commande un buste du chef des Arvernes, Vercingétorix.

— Bougri !

— Pour le lycée de Clermont-Ferrand !

— Ran ! C'est épatant... Ah ! mon cher honorable... Je ne vous embrasse pas, mais Roujon n'y coupera pas !

Il s'était levé, il esquissait un pas de cavalier seul et il riait de son rire énorme d'hercule gamin.

— Alors, vous voilà heureux ! sourit le député.

— Tu parles !... oh ! pardon, je vous tutoie...

— Ça n'a pas d'importance... Ce qui en a, c'est que je vous ai fait renverser votre absinthe... Permettez que je vous en offre une autre...

Chicot roula des yeux humides de reconnaissance.

— Décidément, la société n'était pas si mal faite que ça...

Le soir, à l'heure de l'apéritif, tout Montmartre savait que Chicot avait une commande officielle — mais une préoccupation noire était venue gâter le bonheur de l'artiste : il ne savait pas, lui, s'il pourrait exécuter la commande.

Pas d'atelier, pas de gîte, pas le sou !

La société retombait bancale.

— Elle n'avait qu'une jambe de bonne, la jambe Roujon — l'autre, la jambe des fonds nécessaires, la jambe Mécène, était atrophiée, n'existait pas.

Jusqu'à deux heures du matin, Chicot promena par les brasseries de la Butte le combat intérieur qui le déchirait : en sa cervelle chauffée à blanc par la coulée des apéritifs, la joie de la commande et la rage de l'impossible exécution se prenaient aux cheveux.

Vers une heure du matin, il s'échoua au *Singe vert*, absorba encore quelques bocks, sa dernière pièce de vingt sous, et, le gousset vide mais l'estomac plein, il s'abandonna à la Providence.

Or, comme la taverne allait fermer, une bande de jeunes gens y fit irruption.

De gais compagnons, qui venaient terminer là une tournée plutôt joyeuse et fortement arrosée.

L'un d'eux, habitué de Montmartre, reconnut Chicot.

— Un ban, Messieurs ! un triple ban pour le grand artiste Chicot !

— Toi, jugea Chicot, c'est pour ta petite vanité que tu m'arbores... Attends ! tout se paie...

Il sourit, d'ailleurs, à l'ovation, et accepta volontiers un bock.

Celui qui avait provoqué le ban, reprit la parole pour porter ce toast bizarre :

— A l'art, Messieurs, et au mariage !

L'art et le mariage accouplés déterminèrent chez Chicot un ahurissement si visible que l'orateur crut devoir s'expliquer :

— Nous enterrons une vie de garçon.

Et il présenta l'enterré :

— Notre excellent ami, M. Charles Gagu. Le contrat est pour demain.

Chicot tendit la main au fiancé et, de sa voix de flûte, la voix numéro 2 :

— Mes compliments, cher Monsieur, et mes vœux les meilleurs.

Le jeune homme, un très gentil garçon, à la mine éveillée serra la main de l'artiste, mais il laissa passer dans une moue :

— Pour ce que ça m'amuse de me marier !

— Ah ! vous y allez à contre-cœur ?

— Heu ! ce n'est pas précisément cela... Ma future est gentille et je l'aime bien... mais...

— C'est le mariage qui vous effraie...

— Un peu... Je ne me sens pas tout à fait mûr pour le mariage... Et puis nos parents ont fait la bêtise de décider ça sans nous consulter. Ils étaient associés, nos parents, la maison Boucard et Gagu, rue Rambuteau... les pâtes alimentaires... Vous ne connaissez pas? ça ne fait rien, il étaient associés tout de même. Ils se sont retirés des affaires l'an dernier et séparés : la famille Boucard est restée à Paris, papa Gagu s'est installé à Colombes ; ils ne se voyaient plus que de loin en loin, quand, voilà quinze jours, ce besoin leur est venu de renouer la raison sociale en nous mariant, nous, les enfants.

— Eh bien ! mais c'est... c'est une idée, ça ! et du moment que votre fiancée vous plaît...

— Je ne dis pas... Elle est très gentille, je le répète... mais... qu'est-ce que vous voulez? Je suis de mon temps, moi ; je ne peux pas admettre cette façon de venir nous dire : Nous avons décidé de vous marier ; vous n'avez qu'à vous incliner... Non ! ils sont étonnants, les parents... Enfin ! nous verrons bien !

— On voit toujours, jeune homme, et tout s'arrange, prononça philosophiquement Chicot...

Et, suffisamment entré dans l'intimité des jeunes gens pour lancer son affaire :

— Ainsi, moi ! j'attendais depuis dix ans une commande officielle...

— Elle est arrivée ?

— Ce matin. Il ne reste plus qu'à l'exécuter.

— Vous allez vous y mettre dare dare ?

— Moi ? Je ne vais pas m'y mettre du tout.

— Ah bah !

— Et pour cause !... La société est mal faite, Messieurs ! Roujon n'a qu'une jambe !

Les jeunes gens sursautèrent.

L'artiste qui, jusqu'ici ne leur avait fait entendre que la voix numéro 2, venait d'emboucher le cuivre de Toulouse.

— Il n'a qu'une jambe, vous dis-je, et c'est celle de l'ironie ! L'ironie féroce qui consiste à commander une œuvre d'art sans donner à l'artiste les moyens de l'exécuter...

— Je vois, déduisit le jeune Gagu, ce sont les moyens d'exécution qui vous manquent.

— Vous l'avez dit, jeune homme. Mécène est mort, et je vous répète que cet ironiste de Roujon n'a qu'une jambe...

— Et si je vous procurais les moyens, moi !

— Hein ! Vous pouvez...

— Je le crois.

Chicot tituba et son trombone eût tout à coup des notes de violoncelle :

— Ah ! jeune homme... ne me donnez pas un fol espoir !

— Ce n'est pas un espoir, c'est une certitude. Je connais un Mécène...

— Où donc que j'y coure !

— Mon futur beau-père, M. Boucard.

— Les pâtes alimentaires ?

— Depuis qu'il s'est retiré des affaires, il dépense des sommes folles à protéger la photographie. C'est le Saint-Vincent de Paul des petits photographes !...

— Oui, mais la sculpture...

— Vous aurez tôt fait de lui démontrer que votre art est supérieur à la photographie...

— Ça, je m'en charge !

— Alors, voici ma carte... Pardon ! je vais y écrire deux mots de recommandation...

Du crayon d'or qu'il portait en breloque, le jeune Charles Gagu écrivit deux lignes sur le bristol de la carte, puis la tendant à Chicot :

— Voici. Je vous conseille de vous présenter demain... le jour du contrat... Papa Boucard sera de bonne humeur... vous réussirez, je vous le garantis !

— Ah ! jeune homme ! jeune homme !

Le trombone attendri n'était plus qu'une flûte, la voix numéro 2.

— Je vous le disais bien que tout s'arrange !

Mais cela soupiré, le grand Chicot poussa un cri qui fit grincer les vitres de l'établissement et reculer les jeunes gens effrayés.

Le trombone s'était réveillé.

— Lydia !

Une jeune femme venait d'entrer, et c'était bien Mlle Lydia, le modèle envolé.

Elle vint droit à l'artiste.

— Enfin ! Voilà des heures que je te cherche ! Comment ! tu as une commande de l'Etat, et tu ne me le fais pas savoir toi-même ?

— A quelle adresse, amour ? A quelle adresse ? Tu n'avais oublié que ça, de me laisser ta carte !

— Ah ! si tu avais bien voulu me trouver... Avoue donc que tu m'as remplacée ! Oh ! si je la connaissais, celle-là !

Elle roulait autour d'elle des yeux étincelants ; ils ne découvrirent pas de femme, elle se calma tout de suite.

— C'est rigolo tout de même, sourit l'artiste ; c'est moi qui suis lâché, et c'est toi qui fais la scène !

Elle sourit aussi :

— Je suis comme ça... Ta tigresse, mon lion !

Chicot ne fit pas d'autre reproche ; il embrassa l'infidèle, et la présentant aux jeunes gens :

— Messieurs, la plus jolie fille de Paris et la collaboratrice de mes œuvres à venir !

De nouveau, le cuivre de Toulouse résonnait triomphalement.

Lydia lui sauta au cou :

— Ah ! mon lion ! mon grand lion !

Et il y avait vraiment une belle flamme d'amour dans ce cri.

Elle l'aimait, son lion, et sans la purée...

Les jeunes gens avaient salué.

L'un d'eux, Charles Gagu, parla de commander du champagne.

Mais l'heure de fermer était déjà passée ; il fallait évacuer.

La bande n'eut qu'un cri :

— On ne peut pas se quitter comme ça !

Elle descendit la rue des Martyrs, groupée autour de Chicot qui donnait le bras à Lydia et improvisait, sur un air de Toulouse, un hymne à la jambe de Roujon.

On s'engouffra dans une brasserie du faubourg Montmartre, à cette heure, pleine de soupeurs.

Et d'abord, le jeune habitué de la Butte ne put pas se tenir d'arborer de nouveau le grand artiste Chicot.

— Mesdames ! Messieurs ! un ban, un triple ban pour le grand Chicot !

Ses camarades seuls lui répondirent.

Autour d'eux, les soupeurs se regardèrent effarés ; des visages trahirent une véritable stupeur.

Le patron de l'établissement accourut, bégayant :

— Ça, par exemple, c'est du culot !

Et tombant sur le groupe Chicot, il l'invitait plutôt brutalement à se retirer.

— Hein ? de quoi ? trombona le cuivre de Toulouse, on m'expulse, moi, Chicot, le grand Chicot !

Il s'était dressé, il avait les douze pieds des belles indignations.

— Taisez-vous ! souffla un garçon. La police doit être par là...

— La police !...

L'espoir de la sculpture française se tâta :

— Il avait peut être manqué de respect aux gens de loi qui étaient venus le réveiller pour l'expulser !

Et ce fut en étouffant les sonorités de son cuivre qu'il demanda :

— Est-ce qu'elle me cherche, la police ?

— Vous le savez bien, Pied-de-Vache s'est fait pincer et il a mangé le morceau.

— Pied-de-Vache ? qui ça, Pied-de-Vache ?

— Allons ! allons ! reprit le patron, vous êtes très fort, on le sait. Débarrassez... Je ne veux pas qu'on vous arrête ici ! Allons ! ouste...

— Il y a erreur ! clama l'artiste. Je jure que je ne connais pas Pied-de-Vache ! J'en prends à témoins ces Messieurs qui m'entourent...

Son appel resta sans écho.

Les Messieurs n'étaient plus autour de lui. En entendant parler de la police, ils s'étaient prudemment éclipsés.

Chicot ne trouva plus que Lydia, Lydia toute tremblante et qui le suppliait :

— Ne t'obstine pas... la police... on sait jamais !

— Ah ! par exemple, elle est raide, celle-là ! hurla le cuivre de Toulouse...

Et il suivit Lydia en protestant encore :

— Il y a erreur ! je ne connais pas Pied-de-Vache ! J'ai une commande officielle ! de l'Etat ! Roujon m'attend !

## II

A neuf heures du matin, le grand Chicot sonnait à la porte de M. Boucard.

Il n'était pas encore remis de son indignation ni parvenu à s'expliquer comment ce Pied-de-Vache

qu'il ne connaissait pas avait bien pu le dénoncer à la police...

— Pied-de-Vache ! qu'est-ce que c'est que cet animal-là ?

Une petite bonne, toute rose, un peu trop rose même et qui sentait encore les foins de sa campagne vint lui ouvrir.

— Vous disirez, Monsieur ?

— Pied-de-Vache, s'il vous plait !

Le nom avait jailli tout seule de sa préoccupation ; il chercha aussitôt à le rattraper.

— Non... pardon ! je veux dire...

Trop tard, l'effet était produit. Ce sacré Pied-de-Vache avait encore fait des siennes par là...

La petite bonne s'était brusquement rejetée en arrière, et regardant Chicot avec des yeux épouvantés :

— N'entrez pas ! n'entrez pas !

Mais comme elle avait, dans son trouble, laissé la porte ouverte, l'artiste était déjà entré, et il demandait de sa voix d'oiseau :

— Qu'avez-vous donc, Mademoiselle ? On dirait que je vous fais peur !

— Vous avez demandé Pied-de-Vache...

— Par erreur, Mademoiselle ! sans le vouloir, malgré moi ! je vous jure que je ne connais pas cet animal-là, que je ne l'ai jamais vu ! c'est M. Boucard que je viens voir : je suis M. Chicot, le grand Chicot !...

Hélas ! à ce nom qui devait l'éblouir, la petite bonne faillit tomber à la renverse :

— Chicot !... vous voyez bien ! je vais chercher la police, j'y vais !

L'artiste n'eut que le temps de l'arrêter.

— Voyons ! voyons ! c'est affolant, cela ! Expliquez-moi...

— Laissez-moi ! j'y vais...

— Vous irez après ; expliquez-moi d'abord...

Il eut cette inspiration:

— Je viens de la part de M. Gagu, je suis un de ses amis... Voici sa carte où il me recommande à son futur beau-père... Regardez, vérifiez. rendez-vous compte.., Ah! mais c'est terrible, ça, de s'entendre tout le temps jeter à la tête ce Pied-de-Vache !

Un peu rassurée par le nom de Charles Gagu, la petite bonne avait pris la carte.

— Alors... vous n'êtes pas ?...

— Je suis le grand Chicot, je vous dis ! le sculpteur Chicot... J'ai une commande de Roujon... vous savez bien, Roujon qui n'a qu'une jambe, je viens chercher l'autre...

La petite bonne ne comprit pas:

— Je ne sais pas, Monsieur, si vous la trouverez... je ne l'ai jamais vue ici...

— O candeur ! sourit l'artiste, désormais à l'aise...

Et s'apercevant alors qu'elle était gentille :

— Je m'explique, ma belle. Je suis sculpteur ; je fais des statues... et comme tu es jolie fille... mais oui, mais oui... jolie fille...

Voici qu'il la tutoyait déjà !

Elle ne le releva pas, toute troublée par le compliment de ce bel homme, car, rassurée, elle avait osé le regarder...

— Ah ! vous trouvez...

— Tu es très bien, mais là, très bien... je te ferai la tienne, de statue...

— Oh ! Monsieur...

— Si ! si ! ta ligne me tente... car il n'y a pas à dire, tu l'as, la ligne !

Il lui avait pris la taille, il vérifiait la ligne.

— C'est dit, je ferai ta statue ! permets que je pose mon cachet...

Son cachet, un baiser gourmand qui résonna sur la joue de la petite bonne...

A ce moment, une voix glapit dans l'appartement :

— Julie ! Julie ! mais où est donc Julie ?

— Oh ! Monsieur qui m'appelle...

— Annonce-moi.

— Passez au salon...

Elle l'y introduisit, le précédant pour courir à l'appel du maître.

Le maître y était, au salon, il le traversait pour aller relancer Julie à l'antichambre.

Il la vit entrer et cria, furibond :

— Ah ! vous vous décidez ! c'est pas dommage ! Voilà un quart d'heure que je vous appelle pour mon nœud de cravate.

— Pardon, Monsieur ! je répondais à Monsieur... qui désire vous parler...

M. Boucard toisa le grand diable qui s'avançait en saluant :

— Je n'ai pas le temps de vous recevoir, Monsieur. Je marie ma fille...

— Je le sais, Monsieur.

— Alors, pourquoi venez-vous juste ce matin ? je n'ai pas une minute à moi...

Et, à Julie, sans plus s'occuper de Chicot :

— Allons ! vite ! mon nœud de cravate :

— Monsieur, s'obstina Chicot, je viens de la part de M. Charles Gagu dont voici la carte.

— Mon gendre ! c'est mon gendre qui vous envoie ? Il a donc oublié que nous passions le contrat ce matin ?

— Pas du tout, Monsieur ! Il l'a si peu oublié qu'il m'en a parlé tout le temps. Il m'a vanté pendant plus d'une heure les mérites de l'excellent beau-père qu'il va avoir en vous...

— Oh ! mes mérites...

— Pas de modestie, Monsieur Boucard ! Vous avez été le modèle des négociants...

— Heu ! j'ai fait ce que j'ai pu... j'ai réussi.

M. Boucard ne paraissait pas plus touché que ça de ces compliments qui, pour lui, semblaient être de second ordre.

Chicot attaqua une autre corde.

Tout en parlant, il avait passé en revue le salon — un salon de bon bourgeois cossu, mais avec cette note particulière qui crevait les yeux : les murs étaient couverts de photographies de M. Boucard, grandeur nature, en pied, en buste, de face, de profil, de trois quarts.

— Ah ! ah ! s'était dit Chicot, c'est ça, la protection de la photographie...

Et aussitôt :

— Je sais aussi, M. Boucard, que vous aimez les arts... que vous les encouragez.

Le futur beau-père du jeune Gagu redressa sa petite taille — il était court, papa Boucard, court et gros, tout rond — il la redressa en bombant la poitrine et tendant le jarret, comme s'il eût pris la pose devant l'objectif.

— Ah ! vous savez..?

— Et si je l'eusse ignoré, continua Chicot, les médaillons qui décorent ces murs, ces portraits si réussis...

— Vous m'avez reconnu !

— Tout de suite, Monsieur, et j'ai constaté : voilà bien l'homme qu'on m'a dépeint ! Voilà bien cet ami éclairé des arts et des artistes ... Il suffit de contempler son image...

— Ah ! vous trouvez ? fit M. Boucard, rouge comme une pivoine.

En même temps, il bousculait Julie qui n'en finissait pas de faire le nœud de cravate.

— Assez ! je finirai moi-même.

— Mais, Monsieur...

— Vous m'empêchez d'écouter Monsieur avec toute l'attention qu'il mérite... Laissez-nous ! allez prévenir ces dames que je suis prêt... Allez ! Allez !

Julie s'en alla, mais comme à regret, en lançant au bel homme un regard qui n'avait plus peur...

Et M. Boucard reprit aussitôt ;

— Vous disiez donc, Monsieur... Ces portraits... mon image... j'aime beaucoup, en effet, les arts et les artistes...

— Toi ! je te tiens ! sourit intérieurement l'artiste... je l'exécuterai, la commande de l'Etat !

Il cambra sa haute taille et proféra :

— Merci pour mes frères, Monsieur !

— Vos frères... seriez-vous photographe ?

— Oh ! mieux que ça, Monsieur ! la photographie ne reproduit que l'image ; moi, je donne l'immortalité !

— L'immorta...

— Oui, Monsieur, l'immortalité ! je suis Chicot le grand Chicot !

— Chicot !

M. Boucard fit un saut en arrière : il avait dû, lui aussi, entendre parler de Pied-de-Vache.

— Chicot ! vous êtes...

Mais, tout occupé de lui-même, l'artiste ne remarqua pas le mouvement et dans le cri qui l'accompagnait, il ne devina que de l'admiration.

Il continuait :

— Oui, Monsieur ! je suis le sculpteur Chicot ! je travaille pour la postérité, je lui lègue les traits des grands hommes en d'immortelles statues que me commande l'Etat par la bouche de Roujon-le-Magnifique...

De toute cette grandiloquence, un seul mot avait frappé M. Boucard : ses yeux, à ce mot-là, s'étaient arrondis, sa bouche s'était faite en chose de poule.

— Des statues ! vous travaillez...

— Dans la glaise, le bronze et le marbre; je donne l'immortalité, vous dis-je !

Involontairement, papa Boucard plia les genoux et rentra sa tête dans les épaules, saluant, comme disent les militaires de l'effet des boulets qui passent, la voix numéro 1 qui venait d'éclater.

En se remettant, il se précipita sur un fauteuil, et le roulant à l'artiste :

— Veuillez donc vous asseoir, cher Monsieur.

Chicot s'offrit le luxe de se faire prier :

— Pardon ! vous êtes pressé, je ne voudrais pas abuser...

— Mais non ! mais non ! J'ai toujours un quart d'heure à accorder à un artiste de votre valeur.

Chicot se laissa faire en ricanant dans sa barbe :

— Tu vas même m'accorder autre chose !

Tandis que, de son côté, papa Boucard se répétait :

— La statue ! il fait la statue !

Ah ! la photographie ne saura jamais la chute qu'elle fit à ce moment !

Chicot toussa, assurant son organe toulousain, et attaqua :

— Puisque vous voulez bien m'entendre, Monsieur...

— Oui, mais pas si fort, je vous entends trop, observa le Mécène, avec un sourire qui s'excusait. Vous avez une belle voix, d'ailleurs.

— J'en ai même deux ! répondit Chicot, en reprenant son numéro 2, et il continua, sans s'arrêter à l'ahurissement de papa Boucard :

— Voici ce qui m'amène devant vous... Une fois encore, je me permets de me recommander de votre futur gendre...

— Un garçon charmant, qui n'a que de bonnes idées...

— C'est bien ainsi que je l'ai jugé. J'arrive à l'affaire, Monsieur. Je viens de recevoir la commande officielle d'un buste...

— D'un buste !...

La bonne face de papa Boucard s'était illuminée, mais, l'exclamation lâchée, les sourcils se froncèrent :

— Un buste !... seulement? Vous me parliez de statue...

Et sa pensée sortit :

— Pourquoi pas la statue entière ?

Le buste ne lui suffisait pas.

— Dame ! fit Chicot qui, tout entier à son idée, ne voyait qu'elle et ne se donnait pas la peine de chercher celle de son Mécène, je dis comme vous cher Monsieur. Pourquoi pas la statue ! Mais il paraît que ces Messieurs ont besoin de faire des économies.

— Ces Messieurs ? béa papa Boucard, quels Messieurs ?

— Ceux qui m'ont donné la commande, le ministre, Roujon.

— Le ministre ! le ministre a daigné...

— Pardon ! biffez daigné. Il n'a fait que son devoir, le ministre. Il aurait même pu ne pas attendre si longtemps...

— Ah !... Ah ! oui, oui, en effet, approuva le Mécène des photographes. Il a un peu attendu, le ministre. Le fait est qu'il aurait pu s'apercevoir plus tôt... Enfin, ça y est, n'est-ce pas ? C'est le principal. Et... où veut-il l'ériger, cette statue.., je veux dire ce buste ?

Il le destine au lycée de Clermont-Ferrand.

— De Clermont...

— Ferrand, Puy de Dôme, Auvergne. Ce buste rappellera à la jeunesse les traits et l'exemple du plus noble enfant de l'Auvergne.

— De l'Auvergne, répéta en écho inquiet papa Boucard qui était natif du Poitou. Hum ! de l'Auvergne.

Il se grattait le bout du nez, et ses yeux trahissaient un grave embarras.

— De l'Auvergne... Est-ce que vous ne vous trompez pas ?

— Pas du tout.

— Ah ! ... Hum !...

Il se grattait de plus en plus vigoureusement le nez.

— C'est que... je dois vous le confesser, je ne suis pas tout à fait natif de l'Auvergne !

Ce fut au tour de Chicot de se gratter le nez, il n'avait pas encore compris.

— Ça ne fait rien, déclara-t-il, conciliant. Vous n'êtes pas auvergnat, mais vous auriez pu l'être !

— Oh ! pour ça... parfaitement ! marcha tout de suite le Mécène. J'aime l'Auvergne ! je l'aime tellement qu'il m'arrive souvent de me dire : Pour que tu l'aimes tant que ça, il faut que tu aies du sang auvergnat dans les veines... Et je dois en avoir !

— Vous en avez certainement ! affirma Chicot.

— N'est-ce pas ?... Et voilà pourquoi vous êtes venu me trouver... Les traits et l'exemple du plus noble enfant ! Ah ! Monsieur, quand je pense que j'ai pu me demander si vous étiez chef de cette bande...

— Moi, le chef...Quelle bande ? Vous vous êtes demandé...

— Rien... je vous en prie, oublions ça... Soyez généreux. Vous êtes trop artiste pour ne pas être un grand cœur.

Et papa Boucard revint vivement à son dada :

— Alors, ce travail, quand comptez-vous le commencer ?

Chicot oublia le reste, comme son Mécène le lui demandait :

— Mais... le plus tôt possible ! je devrais être déjà à l'œuvre...

— Mettez-vous y, cher Monsieur ! Mettez-vous y, mon cher artiste !.

Chicot eût un soupir à faire tourner les ailes d'un moulin.

— Ah ! voilà... je ne peux pas...

— Vous dites ? sursauta papa Boucard. Vous-ne-pouvez-pas !

— Je veux dire que j'ai des difficultés...

D'abord... un atelier à louer...

— Un atelier ? Vous n'avez pas ?

— Je... c'est-à-dire... Si ! Si ! j'en ai un... seulement il est mal éclairé, et pour une œuvre pareille, une commande de l'Etat... je tiendrais...

— Vous avez raison, M. Chicot ! Une commande de l'Etat... j'y tiens aussi ; nous trouverons un atelier bien éclairé, nous le trouverons. Et puis ? Est-ce tout ce qui vous manque ? Vous avez des frais à faire, n'est-ce pas ? Ne vous gênez pas, je connais les artistes... et je suis à votre disposition...

— Merci, cher Monsieur, vous êtes vraiment l'homme rêvé... balbutia Chicot qui s'attendrissait réellement à mettre la main sur son rêve.

— Mais non, mais non, protesta papa Boucard. C'est tout indiqué que je vous procure le nécessaire... mais, à ce sujet, je me permettrai une petite observation.

Chicot dressa l'oreille.

Est-ce que le bonhomme allait s'échapper par la tangente ?

Non, il n'y songeait pas, le bonhomme ; bien au contraire. Il marchait tête baissée...

Il la fit, l'observation.

— Est-il indispensable que vous vous en teniez strictement à la commande de l'Etat ?

— Mais, cher Monsieur, une commande... c'est une commande...

— Oui, bien entendu ! seulement... un buste... je le répète : pourquoi pas la statue ?

Il y revenait et justifiait sa réclamation :

— Puisque je paie enfin ! Il me semble que, dans ces conditions, une statue... en pied... tenez comme ça...

Il s'était campé, la main dans son gilet, dans l'attitude d'un Bonaparte.

— Regardez bien !... qu'en dites-vous ?

— Oui, pas mal ! consentit Chicot.

— N'est-ce pas ?

— Oui, oui, pas mal du tout. Je n'y vois qu'un petit inconvénient.

— Lequel, s'il vous plaît ?

— Cette pose-là ne conviendrait pas absolument à mon sujet.

— Votre sujet... Comment ça ?

— De son temps, on ne portait pas de gilet.

— Hein ! De son temps ? Qu'est-ce que vous me chantez là ?

— La vérité historique, telle qu'on a dû vous l'apprendre à vous-même. Je ne sache pas que Vercingétorix ait jamais porté de gilet.

— Vercingétorix !...

Papa Boucard battit des paupières et quitta la pose.

— Qui ça, Vercingétorix ?

— Mais, expliqua tout naturellement Chicot qui en était toujours à comprendre, le plus noble enfant de l'Auvergne, le dernier défenseur de la Gaule, mon sujet enfin, le héros dont j'ai à faire le buste...

— Le buste... Ah ! c'est le buste de...

— Je veux dire la statue, puisque vous offrez...

Il s'arrêta : papa Boucard avait bondi.

— J'offre... où avez-vous trouvé ça, vous, que j'offrais ?

— Mais, tout à l'heure...

— Ah ça ! vous n'êtes pas fou ! Vercingétorix, un bonhomme que je n'ai jamais vu ! Quelque intrigant... Moi, je paierais pour cet animal-là !

A son tour, le grand Chicot tressauta, et comprenant enfin :

— Oh ! la brute ! murmura-t-il.

Papa Boucard était allé à la porte :

— Pardon ! Je suis pressé, je marie ma fille... Donnez-vous donc la peine...

Et, éclatant de rire :

— Non ! A-t-on jamais vu ! Vercingétorix !... Allons ! Je vous repète que je suis pressé... J'ai déjà perdu trop de temps... C'est par ici, Monsieur !

Et comme Chicot interloqué ne bougeait pas :

— Ah ! vous n'allez pas m'obliger à vous faire expulser...

— Expulser ! Encore ! rugit le cuivre de Toulouse, avec une telle force que l'ancien fabricant de pâtes alimentaires chancela, faillit tomber à la renverse.

— Monsieur ! monsieur ! Je vous en prie... Je marie ma fille...

Chicot le toisa et, une seconde, il se demanda s'il ne se devait pas, s'il ne devait pas à l'art de casser quelque chose à cet imbécile...

Il ne lui cassa rien. L'écœurement l'emporta sur la colère.

Il se contenta, toujours toisant Boucard, de remettre son chapeau sur sa tête, et sur un formidable haussement d'épaules, il s'en alla, en se répétant :

— Oh ! la brute ! la brute ! Ah ! ne me tombe jamais sous la main, toi ! Non ! ce que je m'offrirai ta tête avec volupté !

Puis, réfléchissant :

— C'est moi, la brute ! Je pouvais me l'offrir, sa tête ; je n'avais qu'à lui laisser croire qu'il s'agissait de sa statue...

Chicot disparu, papa Boucard s'était redressé, et retrouvant avec son aplomb sa belle estime de soi-même :

— Vercingétorix ! Il voulait me faire payer... Ah ! ah ! ah ! Vercingétorix ! Vercingétorix !

Une voix demanda :

— Qu'est-ce que tu lui veux, à Vercingétorix ? Qu'est-ce que c'est que cette trompette que j'ai entendue ? Tu joues donc du trombone maintenant ?

Il se retourna ; c'était sa femme qui parlait, Mme Boucard, une bonne bourgeoise, bonnasse et rassise dans la graise de ses cinquante ans.

— Moi ? fit-il. Je ne joue de rien du tout. C'est une espèce de toqué qui est venu me parler de Vercingétorix... Vercingétorix, un individu que je ne connais ni d'Eve, ni d'Adam.

Et le fait est qu'il ne le connaissait pas du tout.

— Est-ce que tu le connais, toi, poupoule ?

— Moi, certainement...

— Eh bien ! je ne t'en fais pas mon compliment, et je t'invite une fois pour toutes à ne jamais me parler de lui...

— Ah ! ça, est-ce que tu perds la têie?se rebiffa la bourgeoise. Vercingétorix, un homme qui aurait aujourd'hui dans les dix-neuf cents ans!

— L'âge n'y fait rien... Je te défends absolument... Tu entends ? Je défends !

Ahurie mais habituée à céder, Mme Boucard s'inclina.

— C'est bon ; on n'en parlera jamais de Vercingétorix... D'ailleurs, c'est toi qui as commencé.

Et elle passa à la cérémonie de ce matin.

— Tu n'oublies pas que nous allons chez le notaire pour le contrat ?

— Je n'oublie rien, nous y allons chez le notaire... quoique enfin... ce que vient de me faire mon futur gendre...

— Quoi donc ? Charles t'a fait quelque chose ?

— C'est lui qui m'a envoyé l'individu qui sort d'ici... Ce fou avec sa voix de store...

— Tu veux dire de stentor, mon ami...

— De store... de stentor... c'est la même chose... Ne me contrarie pas, s'il te plaît ! Je dis ce que je dis ! Et c'est dit.

Mme Boucard s'inclina encore :

— Est-ce qu'Angèle est prête ? reprit le rival de Vercingétorix.

— Elle va l'être, mon ami. Elle le sera avant l'arrivée de M. Gagu et de son fils, qui devraient être déjà là.

Il tira sa montre :

— Dix heures... Le contrat est pour dix heures et demie. Ils ne sont pas en retard.

— Il était convenu qu'ils arriveraient à dix heures, pour causer un peu... Or, tu sais qu'ils habitent Colombes... ils auront peut-être manqué leur train...

— Impossible ! Je connais M. Gagu, l'exactitude en personne. Durant les vingt ans qu'a duré notre association, il n'a pas été en retard une minute... pas même une seconde. Du reste, il peut en dire autant de moi. Je me flatte d'avoir été le négociant modèle, l'homme qui peut être donné en exemple... Et ce n'est pas ce Vercingétorix qui pourrait...

Il y revenait...

— Ah ! mon ami, observa Mme Boucard, c'est toi qui reparles... Et je voudrais bien savoir enfin...

— Rien. C'est fini. Je t'ai défendu de prononcer le nom de cet individu... cet intrigant qui n'aurait peut-être pas été capable de peser une livre de vermicelle !

— On n'en pesait pas de son temps...

— De son temps... Ah ! voilà que tu dis comme l'autre, toi ! De son temps ! Est-ce que tu vas m'embêter, toi aussi ? Non ! C'est un peu fort, chez moi, ma femme elle-même... le jour du contrat de mariage...

Il s'interrompit dans son mouvement oratoire :

On sonnait.

— Tiens ! Quand je te le disais...

— Quoi donc encore, mon ami ?

— Tu n'entends pas ? Tu ne connais pas cette façon de sonner ? C'est Gagu. Reçois-le... Je vais mettre mes vernis et mes gants... A part ça, je suis prêt... Une minute...

Et s'en allant :

— Demande-lui donc s'il connaît cet idiot de Vercingétorix, lui !

Mme Boucard le regarda sortir, et, les bras au ciel :

— Mais qu'est-ce qu'il a donc avec son Vercingétorix !

M. Gagu, le père du fiancé, entrait, introduit au salon par la petite bonne.

L'antithèse de son ancien associé : Boucard était gros et court ; Gagu était mince et long. Boucard était vif et parlait à la bonne franquette, sans réfléchir ; Gagu solennel et gourmé s'écoutait parler.

— Madame Boucard, j'ai bien l'honneur.

— Votre servante, monsieur Gagu.

Ils se serrèrent la main.

— Et Charles ! Il n'est donc pas avec vous ?

— Il est entré chez le coiffeur. Le petit coup de fer des grands jours... Il arrive. La fiancée va bien ?

— Très bien. Un peu émue... un peu nerveuse... mais...

— Oui, c'est la première fois qu'elle se marie... Et Boucard ? Comment va-t-il, cet excellent Boucard ? Très bien aussi, n'est-ce pas ?

Ce disant, il regardait les murs :

— Tiens ! Je constate qu'il y a un portrait de plus. Il continue, ce brave ami !

— Ah ! ne m'en parlez pas ! gémit Mme Boucard. C'est une vraie maladie... et vous devriez bien essayer de l'en guérir, vous qui avez quelque autorité avec lui... Vous ne trouvez pas ça ridicule ?

M. Gagu prit son air le plus solennel, le plus gourmé :

— C'est idiot !

Et avec un dedain superbe :

— Je ne comprends pas cette manie de la photographie... C'est petit, mesquin, indigne de gens qui, comme nous, se sont acquis la situation que vous savez... Nous valons mieux que ça, madame Boucard ! Je me réserve de vous le faire voir...

— Mais, j'en suis sûre, monsieur Gagu.

— Ça ne fait rien, je vous réserve une surprise, à vous et à Boucard... Ah ! la photographie, le portrait qui ne dit rien, en papier... alors qu'une foule de nullités...

Il allait sans doute la révéler, la surprise qu'il réservait à ses anciens associés ; mais il fut interrompu par l'entrée de la fiancée.

Une petite parisienne de dix-sept ans à peine, jolie et légère dans sa toilette rose.

— Ah ! mademoiselle Angèle ! Enfin, nous tenons le grand jour !

La fiancée répondit plutôt froidement :

— Oui, monsieur Gagu.

— Oh! appelez-moi beau-père! Voilà assez longtemps que j'aspire à ce titre.

— Vous n'avez pourtant pas perdu de temps. Il y a six mois à peine que je suis sortie de pension.

— C'est vrai; mais si vous songez que vous avez été fiancée à Charles depuis l'âge où vous jouiez à cache-cache dans le magasin...

A ce souvenir, la voix de M. Gagu s'attendrit; la solennité de son débit y perdit, mais le fond brave homme de son individu en apparut mieux :

— Ah! l'heureux âge et le bon temps! soupira-t-il. Vous souvenez-vous, Mademoiselle? Charles vous poudrait avec de la cassonade, vous lui faisiez des moustaches avec de la réglisse... Si je vous disais que Boucard et moi nous ne pouvons pas nous rappeler ça sans une petite larme...

Il l'avait vraiment à l'œil, la petite larme, et Mme Boucard en essuyait une autre, en confirmant la chose :

— Ça, c'est vrai, monsieur Gagu!

— C'est de ce temps-là, continua papa Gagu, que date ce projet de mariage, notre rêve à tous, l'union Boucard et Gagu qui continue.

— Oui, une façon comme une autre de nous faire prendre la suite des affaires! lâcha tranquillement la jeune fiancée qui, décidément, était seule à ne pas s'attendrir.

— Oh! comme tu parles, mignonne! exclama la maman.

— On dirait vraiment que vous vous mariez à regret! précisa papa Gagu.

Toujours sans s'émouvoir, Angèle répondit:

— Non... pas précisément... Charles ne me déplaît pas... Je dirai même qu'il me plaisait beaucoup...

— Il te plaît donc moins? releva maman Boucard. Est-ce qu'il t'aurait fait quelque chose?

— Rien du tout... que je sache du moins... Seulement...

— Seulement quoi?

— Je... je trouve... Non! tu ne comprendrais pas, maman.

— Mais moi, Mademoiselle, moi, le père? essaya papa Gagu.

— Vous non plus... N'insistez pas! Non, ce n'est pas la peine. Je m'en expliquerai avec Charles. Ça ne regarde que nous.

— Serez-vous d'accord au moins?

— Je le crois. J'en suis même sûre.

— En ce cas, tout va bien. Tenez! le voici, votre Charles.

Le fiancé faisait son entrée, répandant les parfums emportés des mains du coiffeur et coiffé selon toutes les règles du jour,

— Arrive donc! jeta papa Gagu. Tu te fais attendre, un jour de contrat!

— Pas ma faute, papa! C'est le coiffeur...

— Ça ce sent, murmura Angèle entre ses dents.

Et comme Mme Boucard recevait les hommages de son futur gendre, admirait le coup de fer et l'exprimait tout haut:

— Pas mal du tout, fit la fiancée; avec ça, on a un petit air d'apprenti ténor.

— Oh ! se récrièrent les parents.

— Ou de garçon coiffeur, acheva-t-elle.

Mme Boucard faillit se fâcher : elle aimait beaucoup Charles et tenait, elle aussi, à ce mariage :

— Ah ! mais, Angèle, tu as quelque chose ! Et tu vas me le dire...

Charles souriait, l'air plutôt enchanté des pointes que lui lançait sa future :

— Laissez, belle-maman ! Je sais ce que c'est : je lui ai dit hier qu'elle avait un museau de chatte...

— Comment ! toi aussi ! protesta papa Gagu.

— Oui, moi aussi... Mais ça n'a pas d'importance. Au fond, Angèle et moi, nous savons parfaitement pourquoi nous nous faisons de ces petits compliments. Nous sommes d'accord, très d'accord. N'est-ce pas, Angèle ?

— Oui, Charles.

— Vous voyez bien !

Maman Boucard et papa Gagu se regardèrent :

— Des enfants ! dit la première.

— Qui se figurent être encore à jouer à cache-cache, compléta le second.

Et maman Boucard entraîna papa Gagu pour laisser les enfants signer leur accord :

— Si nous passions retrouver M. Boucard qui n'en finit plus de mettre ses vernis?

Les jeunes gens restèrent seuls.

## IV

Et, seuls, libres de se dire qu'ils s'adoraient, ils ne parurent pas en éprouver le besoin.

— Décidément, ta mère est idiote ! prononça Charles.

— Ton père est stupide ! répondit Angèle.

Et ensemble :

— En voilà une idée de nous marier !

Un silence, puis Angèle reprit :

— Où ont-ils trouvé que nous étions faits l'un pour l'autre !

— Toi, avec ton museau de chatte, égratigna Charles.

— Et toi, avec ta raie de garçon coiffeur ! griffa Angèle...

Et elle eut un petit rire qui voulait mordre.

— Ah ! ah ! ah ! cette raie...

— Pardon ! fit Charles, un peu pincé, Je n'ai pas ricané, moi !

— Oh ! si le cœur t'en dit, va, te gêne pas ! Je te permets de mordre, tant que tu voudras. Moi, je te préviens que je ne vais pas m'en priver avec toi...

— Ah ! alors, c'est vrai que tu me détestes ?

— Je ne peux plus te voir ! Tiens ! si c'était à toi ces portraits-là, je leur aurais depuis longtemps crevé les yeux !

Un regret s'éveilla dans la voix de Charles :

— Tu m'aimais bien pourtant, il y a six mois... le mois dernier encore...

— C'est comme toi, riposta Angèle ; tu m'aimais aussi, tu me le disais du moins.

— Pourquoi ne m'aimes-tu plus ?

— Et toi ?

— Moi... oh ! moi, c'est bien simple. Je ne demande pas mieux que de te le dire, çà me soulagera.

Et Charles se soulagea :

— Moi, ça m'a pris le jour où mon père est venu me dire : « Je t'annonce que tu vas épouser Angèle : ses parents et moi, nous avons décidé ça depuis longtemps. » Décidé ! ils avaient décidé ça, eux ! Comme s'il était permis de décider. Non ! ils sont étonnants les parents d'aujourd'hui ! A partir de ce moment, ç'a été fini. « Ah ! vous avez décidé vous autres ! Eh bien ! je ne veux pas, moi ! Vous en serez pour votre décision ! » Et voilà. Si tu es de mon avis, nous n'irons pas chez le notaire.

— C'est entendu, accepta Angèle, nous ne passerons pas le contrat !

— Tu approuves ?

— Des deux mains, et pour les mêmes motifs que toi. Franchement, tu me plaisais ; tu étais le bon camarade de toujours, mon amoureux à la pension, et je me voyais déjà en robe blanche à ton bras. Mais quoi ! Sans me consulter, sans savoir si je consens, on vient me dire : « Tu épouses Charles ; nous l'avons décidé depuis longtemps ! » Alors, tu parles si j'ai eu une révolte, moi aussi, si je me suis dit tout de suite : « Ah ! c'est comme ça ? Eh bien ! ce sera autrement ! Je vous apprendrai, moi, à me marier sans me consulter ! » Et voilà. Il ne nous reste plus qu'à signifier à nos parents que nous avons, nous, décidé de ne pas aller chez le notaire. Tu vas parler le premier...

— Le premier, fit Charles, refroidi du coup.

— Naturellement ! Tu es l'homme. Et d'abord, tu es majeur, toi ! Moi, je ne le suis pas.

— Non, mais on t'écoute mieux, toi ! on est plus faible... Quand tu as parlé, tes parents n'ont plus qu'à dire amen !

— Ils ne le diront pas pour ça, je les connais, pas ? Non, il faut que tu commences... C'est le rôle de l'homme de commencer... Oh ! tu peux être tranquille, je te suivrai ! Le museau de chatte ne fera pas attendre la raie de garçon coiffeur... Allons ! c'est le moment, voici ton père et le mien...

Les deux anciens associés revenaient ensemble, en causant, en discutant plutôt :

— Comment ! tu l'as mis à la porte !

— Et sans me gêner encore !

— Tu as été un peu vif, mon cher Boucard ! Un artiste de cette valeur... une commande officielle.

— Vercingétorix ! Un Auvergnat !

— Il ne s'agit pas de Vercingétorix, Je suis comme toi, je ne le connais pas, cet intrigant-là. C'est de l'artiste qu'il s'agit... de l'artiste et de nous...

— De nous ?

— Dans notre position, arrivés comme nous le

sommes, fils de nos œuvres, on ne sait jamais si l'on n'aura pas besoin d'un artiste pareil...

Boucard resta bouche bée, les yeux ronds.

Une voix s'éleva :

— Monsieur mon père...

C'était Charles, qui poussé par Angèle, se décidait à parler le premier.

Mais cela dit, il n'osa pas aller plus loin ; et se penchant vers Angèle :

— A toi ! dis-en autant que moi, souffla-t-il à voix basse.

Elle ne se fit pas autrement prier, et, à son tour, elle lança :

— Monsieur mon père...

Mais elle ne put pas en dire davantage ; papa Boucard lui ferma la bouche :

— Laissez-nous tranquilles ! Nous avons à causer...

— Pardon, papa, je voudrais...

— Assez ! Je sais ce que tu veux... Le notaire... Tout à l'heure ! Va donner un coup de main à ta mère et tâche de veiller un peu mieux à mes affaires : quand j'ai voulu mettre mes gants, il n'y avait plus un bouton !

— Je vais les recoudre, papa ! Mais d'abord...

— D'abord, ça ! Tout de suite ! le notaire doit nous attendre...

Et à Charles :

— Accompagne ta fiancée, toi ! C'est ton devoir ; je ne devrais pas avoir besoin de te le rappeler.

— Mais... avec plaisir, papa beau-père !

Les deux jeunes gens s'éloignèrent, dociles en apparence, mais n'en pensant pas moins :

— Tu vois ! murmurait Charles à l'oreille d'Angèle, ce n'est pas ma faute ! j'étais prêt à tout dire...

— C'est bon, répondit Angèle. Je vais parler à maman, j'aime mieux ça.

Et papa Gagu, les regardant sortir côte à côte, appuyés l'un sur l'autre et semblant échanger des douceurs :

— Comme ils sont obéissants ! Et comme ils s'entendent !

Boucard jeta, nerveux, occupé d'autre chose :

— Ils n'ont que ça à faire... Et ce n'est pas la question.

— Comment ! ce n'est pas la question ? le jour du contrat...

— Nous ne sommes pas chez le notaire. Explique-moi d'abord ce que tu as voulu dire tout à l'heure : notre position, cet artiste...

— Ah ! oui... cet artiste que tu as chassé... Mais j'ai tort de m'en étonner : tu ne vois que la photographie, toi !

— Et toi ? qu'est-ce que tu vois, toi ?

— Moi, fit Gagu, retrouvant sa mine et son accent gourmés, je vois plus loin, plus haut surtout !

— Plus haut ?

— C'est indigne de nous, la photographie ! C'est bon pour les gens qui n'ont rien fait. Nous, pendant vingt ans, nous avons fourni à tout un quartier de Paris, des pâtes alimentaires !... Et quelles pâtes !

Non ! on me fait rire quand on vient me parler d'élever des statues à des tas de galvaudeux...

— Hein ? des statues...

Boucard avait tressailli, une flamme s'était allumée dans son œil.

— Des petits commerçants de quatre sous, poursuivit Gagu ; comme ce Parmentier, par exemple.

— Parmentier ? qui ça, Parmentier ? Qu'est-ce que c'est encore que cet intrigant !

— Peuh ! Je me suis laissé dire par mon fils qu'il vendait des pommes de terre...

Boucard leva les bras au ciel :

— Et c'est pour ça qu'on veut...

— Mais il a déjà son avenue à Paris, son square même. L'avenue Parmentier, le square Parmentier ; tu ne connais que ça...

— C'est vrai, j'oubliais... Et c'est à lui qu'on élève... Tu as raison. C'est dégoutant ! Il n'y a pas de justice !...

Les bras toujours levés vers le plafond, il tournait autour de la table :

— Il n'y pas de justice ! Il n'y en a pas !

Gagu eut un sourire supérieur :

— Si ! Il y en a une... Seulement, il faut faire comme Parmentier, lui pousser le coude...

Et il lâcha :

— Je m'en occupe.

— Ah ! tu t'occupes...

— Chut ! laisse-moi faire, tu m'en diras des nouvelles, dans un mois ou deux... C'est une surprise que je vous réserve, à ta femme et à toi.

Boucard avait cessé de tourner autour de la table; arrêté devant Gagu, il le regarda dans les yeux :

— Une surprise... à ma femme, possible, mais pas à moi... Il faut tout me dire, à moi, ton associé de vingt ans, ton ami, ton frère... Qu'est-ce que c'est que cette surprise ? Tu viens de me dire que tu t'occupais de pousser le coude à la justice, comme Parmentier : où veux-tu en venir ?

Gagu eut encore son sourire de supériorité :

— Tu ne vois pas ? Ce que c'est tout de même que de s'oublier avec les photographes ! Où je veux en venir ?...

Il prit un temps pour laisser tomber, de très haut, solennellement :

— Ce n'est pas pour des prunes que je me suis retiré à Colombes. J'avais mon idée quand j'ai quitté Paris. J'ai cherché, étudié, interrogé... Voilà des années que Colombes réclame un square. On le lui aurait déjà donné, mais il y a la dépense du terrain à acheter... Je vais offrir le terrain ; le square sera prêt dans un mois, et quand il s'agira de le baptiser...

Un grognement sortit du four Boucard :

— Ce sera le square Gagu !

— Naturellement. Et ce n'est pas tout. Suis bien mon idée. Tu sais ce qu'on met dans les squares ?

— Oui, des arbres, des bancs, des nourrices.

— Et autre chose encore... Tu ne vois pas ? au beau milieu...

— Une petite pièce d'eau...

— Mais non ! sur un piédestal, une grande image

en bronze ou en marbre... un personnage en pied ou à cheval...

— La statue ! tu veux...

— C'est tout indiqué. Dans le square Gagu, la statue de Gagu. D'ailleurs, je pousserai le coude, je te dis. Tiens ! cet artiste que tu as flanqué à la porte, cet artiste qui a des commandes officielles de l'Etat... Je vais le faire appeler moi, lui fournir ce qu'il était venu te demander, me l'attacher enfin, en faire mon homme. Et tu vois la suite, sa reconnaissance, ma statue qu'il fait comme par hasard... Et le jour où Colombes en demande une, c'est lui qui présente la mienne, toute prête...

Et Gagu acheva, dans un petit ricanement qui blaguait l'ancien associé :

— Ah ! non, mon pauvre vieux, je ne te comprends pas. La photographie ! Des portraits dans un salon où personne ne les voit...

Boucard était devenu vert, sa bouche s'était crispée, son petit œil flamboyait :

— Ah ! tu ne me comprends pas ! Ah ! Ah ! Tu ne...

Il donna violemment du poing sur la table :

— Eh bien ! je te comprends, moi ! Et je sais enfin pourquoi tu as voulu sitôt te retirer du commerce...

— Mais parce que notre affaire était faite...

— Non ! tu pensais à l'autre, à Colombes, tu avais ton idée, tu me l'as avoué ! Tu n'es qu'un faux ami, un traître...

Ce fut le tour de Gagu de béer.

— Tu m'as roulé en te séparant de moi. Et tu me

roules encore, tu me roules tout le temps! Tu m'as toujours roulé, d'ailleurs! toujours!

— Ah! par exemple! s'indigna Gagu... Tu oses dire...

— Oui, oui, je le dis. Tu vas avoir ta statue, ton square... Et moi! moi, le chef de la raison sociale!... Car enfin, tu ne peux pas le nier, j'étais le chef, je marchais le premier; Boucard et Gagu, Boucard d'abord, en tête, le chef... Et je n'aurais rien, moi! Je resterais là à...

— Mais...

— Assez causé!... Je sais ce qu'il me reste à faire... Ah! elle est jolie, ta surprise! c'est du propre! Ça ne m'étonne plus si tu étais si pressé de bâcler ce mariage...

— Bâcler!

— Tu avais besoin de ça pour m'endormir, pour me lier les mains...

— Oh!... Oh!...

— Parfaitement, pour me lier! Eh bien! je me délie!

— Boucard!

— Je — me — délie!

— Mais tu... tu perds la tête!

— Je la retrouve! Et tu auras de mes nouvelles! Tu en auras, je te dis! Ah! Ah! Ah! le square Gagu! la statue Gagu!... Et moi, moi, le chef... Ose dire que je n'étais pas le chef! Ose le donc!

Il était venu se camper sous le nez de son ancien associé, du faux ami, du traître, et il le défiait.

Le long Gagu recula.

C'était un pacifique que toute violence effrayait, et Boucard le savait bien : on n'a pas été pendant vingt ans l'associé d'un homme sans connaître son fort et son faible...

Il y eut un silence. Les deux hommes se regardaient, Boucard prêt à cogner, Gagu à se dérober.

Le premier prit acte de la reculade de l'autre, et le dominant, quoique ne lui arrivant qu'à l'épaule, il prononça :

— Vous avez compris, n'est-ce pas? Monsieur Gagu !

Il ne le tutoyait plus ! Il disait : Monsieur !

Gagu prit une mine douloureuse, et balbutia :

— Voyons ! Voyons, Boucard !

— J'ai dit : Monsieur ! Et j'ajoute : Chef de la raison sociale, je dois passer le premier. Voulez-vous céder? Le square... et la suite?

— Mais c'est moi qui ai trouvé !

— Vous ne voulez pas ; c'est bon.

Et montrant la porte, Boucard enjoignit à son rival :

— Veuillez vous retirer, Monsieur !

— Comment ! protesta Gagu, tu me chasses ! C'est donc sérieux ?

— Je ne vous permets pas d'en douter.

— Et le mariage de nos enfants ! le mariage, notre rêve !

— Dites le vôtre ! pas le mien.

— Oh ! et la semaine dernière encore, tu pleurais

d'émotion à me rappeler comment ça nous était venu... en les regardant jouer... dans le magasin... tout petits et si gentils..., Ah ! les pauvres agneaux !

A ce souvenir, Boucard se troubla un peu, bafouilla :

— Je... Je ne sais pas. Je ne veux pas...

Mais Gagu continua, encouragé :

— Ah ! le touchant tableau : Charles poudrait Angèle avec de la cassonade...

— Je... Je... Je... Assez !

— Angèle faisait des moustaches à Charles avec de la réglisse...

— A... A... Assez, je vous dis ! C'est honteux, ce que vous faites-là ! Vous abusez...

— Et nous, les parents attendris, nous regardions cela avec de petits picotements dans les yeux...

— Voulez-vous vous taire, nom de Dieu ! Je vous dis que c'est fini, là ! C'est fini !...

Du seuil, une autre voix éclata, qui semblait répondre à l'arrêt prononcé par papa Boucard :

— Ah ! par exemple ! en voilà une nouvelle !

C'était maman Boucard qui faisait irruption dans le salon, suivie de Charles et d'Angèle.

— Elle a trop tardé, la nouvelle ! cria Boucard. C'est trop longtemps que j'ai été aveugle, je ne le suis plus ! J'ai vu clair, je suis fixé.

— Ah ! tu écoutais donc à la porte ?

— Quelle porte ?

— Celle de ma chambre ! Tu as donc entendu ce que viennent de me déclarer ces deux enfants ? Ils ne veulent plus s'épouser !

— Ils ne veulent plus?...

Boucard n'hésita pas :

— Ils ont raison, je les approuve.

— Comment, exclama le maman ahurie, tu... tu...

— Turlututu! J'approuve! J'approuve tellement que, s'ils voulaient encore, c'est moi qui ne voudrais plus! Un mariage ridicule, grotesque, dont l'idée n'a pu venir qu'à cet homme-là, ce faux ami, ce traître!

D'un geste qui écrasait l'homme, Boucard désignait Gagu.

— Il ne se fera pas, ce mariage! Non! il ne se fera pas!... La preuve... Je vais de ce pas décommander le contrat.

Il se dirigeait vers la porte.

Maman Boucard s'élança pour le retenir.

— Mon ami! Mon ami!... Je t'en prie!... Ecoute-moi, laisse-moi te raisonner... laisse...

Et tombant sur Gagu :

— Mais parlez donc, vous! Vous ne pouvez pas accepter ça!

— Il n'a rien à dire, lança Boucard. Il est chez moi!

Gagu se décida à parler :

— Je n'y resterai pas plus longtemps, M. Boucard! Je me retire.

— Vous devriez être déjà parti.

Maman Boucard s'écroula dans un fauteuil.

Restés l'un près de l'autre, Charles et Angèle se regardaient en dessous.

En revenant avec maman Boucard, ils avaient l'air

enchantés d'eux-mêmes et du courage qu'ils avaient eu de faire connaître leur décision.

— Nous n'allons pas chez le notaire.

Mais voici qu'à entendre papa Boucard les approuver, quelque chose avait craqué dans leur contentement.

Puis, papa Gagu acceptant la rupture, le craquement s'était prolongé en déchirure.

— Qu'est-ce que tu penses de ça, toi? demandait Charles à voix basse.

— Moi... je pense... rien... J'en suis toute chose, répondait Angèle...

Or, ce n'était pas pour rire que papa Gagu parlait de se retirer.

Blessé dans son amour-propre paternel, souffleté dans son ambition, il éprouvait le besoin de se redresser devant son fils :

— Je pars, M. Boucard, je pars!

Et retrouvant son ordinaire solennité :

— Charles, fais tes adieux!

Les fiancés eurent tous deux le même petit frisson, et Charles ne bougea pas.

— Allons! Allons! insista Gagu, pas de faiblesse! Sois digne de ton père!

— C'est ce que j'allais dire à ma fille! protesta Boucard. Vous me volez jusqu'à mes mots, Monsieur! Mais nous règlerons tout ça à la fois!

Et se tournant vers sa fille :

— Sois à la hauteur, Angèle! Songe que tu tiens en ce moment le drapeau des Boucard!

— Mais non, papa, c'est mon mouchoir que je tiens ! soupira la petite fiancée qui venait, en effet, de sortir son mouchoir, sentant que tout ça allait finir par des larmes.

— Tu ne vois donc pas, sans cœur, qu'elle va pleurer ! cria la maman...

Le jeune Gagu, qui, depuis un moment bouillait, finit par éclater :

— Ah ! mais vous êtes embêtants, tous les deux ! Quand vous voulez, il faut qu'on veuille ! Quand vous ne voulez plus, il faut qu'on s'incline encore... Eh bien ! moi, je vous dis...

— Zut ! souffla Angèle tout bas...

Boucard s'était redressé, une main dans son gilet, comme devant l'objectif.

— Que signifie, Monsieur ! Vous osez chez moi !...

— Il a raison, jeta bravement Angèle.

— Toi aussi, ma fille !... Madame Boucard, emmenez dans sa chambre cette enfant dénaturée !

— Venez, Monsieur, ordonna Gagu à son fils...

— Ah ! c'est comme ça ! s'écrièrent à la fois les deux jeunes gens...

Nerveusement, ils se tendirent la main :

— Adieu, Angèle !

— Adieu, Charles !

Et ce fut tout. Angèle suivait sa mère et Charles gagna la sortie de l'appartement.

Ce fut tout, mais c'était assez. Dans cette dernière poignée de main, ils s'étaient dit ce qu'ils avaient à se dire :

— Ils ne veulent plus? C'est bon, nous voulons nous!

C'était maintenant surtout, depuis qu'on les séparait, qu'ils sentaient combien ils s'aimaient.

Les pères s'y trompèrent.

— Très bien, ma fille, proclama Boucard. Tu redeviens digne de ton père! j'en étais sûr.

— Mes compliments, Charles! scanda Gagu. Je n'attendais pas moins de toi, et je savais que je pouvais l'attendre!

— C'est ça! hurla Boucard, prêt à s'élancer sur son rival, vous répétez mes mots quand vous ne me les volez pas!...

Et Gagu essayant de riposter:

— Assez. Nous règlerons tout ça à la fois.

Gagu se couvrit:

— Adieu, Monsieur Boucard!

— Non! non! Au revoir!...

— Comme il vous plaira, Monsieur!

— Au revoir, Parmentier!

— Au revoir, Vercingétorix!

— Marchand de pommes de terre!

— Auvergnat!

Boucard chercha autre chose, un nom qui écrasant son rival, le roulât dans la boue.

Gagu trouva avant lui.

— Au revoir, photographe! ricana-t-il en sortant vivement et faisant claquer la porte.

— Photo...! bondit Boucard.

Il était trop tard, l'associé avait disparu.

## VI

Tandis que se consommait la rupture Boucard-Gagu, Chicot se rendait aux Beaux-Arts pour voir Roujon-le-Magnifique et recevoir de ses lèvres officielles la confirmation de la commande.

Il se disait :

— Je vais demander une avance, on ne peut pas me la refuser... j'aurais dû y penser tout de suite, au lieu d'aller m'humilier chez cet épicier !

On le fit attendre une grande heure, mais enfin, l'huissier appela :

— M. Chicot !

L'artiste se leva, redressa sa haute taille, celle de douze pieds, et suivit l'huissier.

Il était déjà consolé de sa longue attente et plaisantait :

— Toujours très occupé l'homme à la jambe ?

L'huissier le toisa :

— Comprends-pas, Monsieur !

Et il l'introduisit dans un cabinet où, assis devant son bureau chargé de paperasses, un fonctionnaire caressait sa barbe en pointe.

— M. Chicot ! annonça l'huissier.

Le fonctionnaire se leva, indiqua un fauteuil.

L'artiste ne s'assit pas, il considérait l'homme à la barbe en pointe et débutait par une déception : il ne reconnaissait pas le distributeur des commandes de l'Etat.

— Pardon, Monsieur ! j'ai demandé à parler à...

— Monsieur le Directeur est absent... Il le regrettera... Il eût été heureux de vous annoncer lui-même ce que vous venez chercher sans doute...

Chicot s'épanouit : il n'y avait rien de perdu.

Il s'assit :

— Oui, Monsieur, mon député m'a fait part... l'Etat a bien voulu me confier l'exécution d'un buste...

— D'un buste...?

— De Vercingétorix...

Nouvelle déception, terrible, celle-là : le suppléant du directeur secoua la tête :

— Votre député s'est trompé, Monsieur.

Si la voix numéro 1 n'éclata pas, c'est que l'artiste se sentit étranglé :

Il ne put que hoqueter :

— Vous dites ? Je ne suis pas chargé...

— D'exécuter un buste, non, Monsieur.

Et le fonctionnaire commentait tout souriant :

— Un buste de Vercingétorix ? ce serait incompréhensible, M. Chicot. On ne se représente pas du tout le héros sans jambes ; on nous l'a toujours montré en pied, appuyé sur sa framée, dans un beau mouvement de défi à l'adresse de l'envahisseur romain. C'est bien ainsi que vous le voyez, n'est-ce pas ?

— Naturellement.

— Et c'est ainsi que vous nous l'exécuterez. Pas le buste, M. Chicot, la statue, c'est la statue qu'on vous commande... Voici l'arrêté qui vous en charge; j'allais vous le faire expédier,

— Pas le buste... la statue !

Tout pâle, de ses mains qui tremblaient un peu le grand Chicot prit le papier.

— Alors, c'est la statue... c'est bien la statue ?

— Vous pouvez lire...

Il essaya, mais ses yeux s'étaient brouillés...

— Oh ! Je m'en rapporte, Monsieur... et je vous remercie... mille fois... et je vous prie de remercier la jambe... Je veux dire le Directeur...

Il bafouillait ; ses yeux s'emplissant d'eau, il éprouva le besoin de se moucher, et falllit le faire dans le papier de l'arrêté ministériel.

Un petit rire du fonctionnaire le rappela à lui...

Il se leva d'un bond, exhala encore deux ou trois merci... merci, et prit la fuite, oubliant de demander l'avance...

Il ne s'arrêta que pour tomber dans les bras de Lydia qui l'avait accompagné jusqu'à l'antichambre du Directeur.

— Ça y est ! Et ce n'est pas un buste, c'est la statue !

Et tout à coup, dans le silence ordinaire de l'hôtel des Beaux-Arts, la voix numéro 1 éclata, joyeuse et formidable :

— Roujon n'a qu'une jambe, mais elle est bonne !

Lydia entraîna son ami, les huissiers accouraient pour l'arrêter.

Toute la journée se passa à célébrer la magnificence de l'homme à la jambe et la commande que lui devait l'artiste jusque là incompris.

A dix heures du soir le couple était encore attablé au *Singe Vert*, il y avait dîné; Chicot avait commandé sans compter, et, après le dîner, il s'était enfilé des chartreuses puis des bocks puis des chartreuses encore...

L'addition était coquette, mais Chicot ne pensa au chiffre qu'en entendant Lydia se plaindre d'être un peu fatiguée et demander à gagner le dodo.

A ce moment, il considéra les piles de soucoupes dressées devant lui, et il demanda :

— Est-ce que Monsieur de Rotschild est dans la salle ?

M. de Rotschild n'était pas là.

— C'est dommage, je ne voyais que lui pour régler une addition pareille...

Il appela le patron :

— Dites donc, cher ami, ça doit faire quelques sous toutes ces soucoupes...

— Je vais vous envoyer le garçon, M. Chicot.

— Oh! inutile de le déranger... Il m'a l'air très occupé. Nous règlerons ça demain...

Il se levait pour partir ...

Le patron le retint :

— Pardon, M. Chicot, vous savez que c'est l'habitude de la maison de ne pas faire de crédit !

L'espoir de la sculpture française se rebiffa, fit des yeux sévères :

— Est-ce que je vous en demande ? je vous dis que nous règlerons demain, voilà tout.

— J'aimerais autant ce soir, M. Chicot.

L'artiste haussa les épaules.

— Vous voyez mal votre intérêt, mon ami. Croyez-moi, vous verrez mieux demain, vous aurez réfléchi, la nuit porte conseil...

Mais il était clair, à la mine du patron, que Chicot ne s'en tirerait pas avec des mots, et les choses allaient se gâter, quand quelqu'un intervint :

— Vous n'êtes pas gentil, patron !

— Mais, Monsieur... Je ne fais que réclamer mon dû.

— Ce n'est pas M. Chicot qui doit.

— C'est peut-être vous ?

— Parfaitement ! Et la preuve...

Le délégué de la Providence jetait un billet de cent francs au garçon.

— Payez-vous !

Puis à Chicot :

— Excusez-moi de venir vous importuner ici ; mais j'ignorais votre adresse et j'avais un besoin urgent de vous voir...

— Ah ! vraiment ! exclama Chicot. Je ne m'en doutais pas !

L'espoir de la sculpture française avait reconnu le jeune Charles Gagu.

— Vous êtes le fiancé d'hier soir, n'est-ce pas? Eh bien ! vous pouvez vous flatter d'avoir fait aller le grand Chicot, et je ne vous remercie pas !

— Il n'y a pas de ma faute, M. Chicot... je vous jure... Permettez que je vous explique...

Ayant salué Lydia, Charles s'asseyait :

— D'abord, je ne suis plus fiancé. Mon père et M. Boucard se sont brouillés, justement à cause de vous...

— Ah bah !

— Mais oui, à cause de vous...

Et Charles Gagu raconta ce qui s'était passé après le départ de Chicot et comment les deux ex-associés en étaient presque venus à se prendre aux cheveux.

— Ils veulent être statufiés tous les deux et chacun d'eux va faire des pieds et des mains pour vous accaparer ! Vous aurez un atelier, M. Chicot ! que dis-je ? vous en aurez deux. Je viens vous en offrir un de la part de mon père et papa Boucard doit être en quête de votre adresse pour vous en offrir un autre.

Chicot souriait, des gaités folles s'étaient éveillées dans ses yeux : cette fois, il la tenait, l'autre jambe de Roujon !

Il tendit les deux mains à Charles :

— Inutile de vous dire que je donne la préférence à votre père.

— La préférence ? fit l'ex-fiancé ; mais pas du tout ; vous allez bel et bien profiter de la bêtise des deux, recevoir des deux côtés...

— Ah ! Au fait, pourquoi pas ?

— C'est moi qui vous le demande. Ils ont besoin d'une leçon tous les deux, vous la leur donnerez !

Et, en la leur donnant, vous m'aiderez : je n'accepte pas cette rupture, je veux épouser Angèle...

— Ah bah ! Hier soir, vous vous insurgiez.

— Parce que nos parents avaient décidé ça sans nous consulter ; maintenant qu'ils ne veulent plus, c'est nous qui voulons...

— Ah ! c'est bien ça, la jeunesse ! C'est bien ça, l'amour ! déclama Chicot en regardant Lydia qui souriait, conquise à la cause des deux fiancés.

Et ce fut elle qui conclut :

— Mon grand lion, tu vas faire ce que te dit Monsieur...

— Mais je ne demande pas mieux ! Causons, jeune homme. Et d'abord, permettez que je m'occupe un peu de moi. Je tiens absolument à exécuter la commande de Roujon... et aussi, pendant que j'y serai, certaine statue que je destine au prochain salon... une *Baigneuse* dont vous me direz des nouvelles...

Lydia salua :

— Ah ! mon lion, c'est gentil, ça !

— Vous exécuterez tout ce que vous voudrez, répondit Charles Gagu, sauf, bien entendu, les statues des deux détraqués. J'entends que vous les rouliez, que vous leur donniez une leçon telle qu'ils soient à jamais guéris de leur manie...

— Vous pouvez compter sur moi... Mais il ne suffit pas de me garantir l'atelier.

— Je vous garantis tout... Ah ! que je vous prévienne : l'atelier que mon père vous offre est à Colombes.

— A Colombes !...

Chicot avait tordu le nez ; il aimait sa vieille Butte et Colombes lui faisait l'effet d'un exil.

— C'est à un quart d'heure de la gare Saint-Lazare, plaida Charles. Et vous verrez la jolie habitation, une vraie villa...

— Oh ! une villa, des arbres, des fleurs, la campagne ! s'écria Lydia. Il faut accepter, mon grand !

— Tu t'y enterreras avec moi ?

— Mais c'est mon rêve !

— Oui, pour huit jours ! Enfin, j'accepte, jeune homme. J'irai visiter demain, et je m'installerai.

— Tout de suite, j'espère !

— Heu ! tout de suite... je vais avoir des frais considérables.

Charles tira son portefeuille et allongea un grand billet bleu à Chicot :

— Voici pour ces frais. Si ça ne suffit pas, mon père est à votre disposition. Je vous répète, d'ailleurs, que papa Boucard est à votre recherche. Prenez des deux côtés, prenez ! Et donnez la leçon, donnez-la !

Charles n'avait pas besoin d'insister : Chicot était bien décidé à suivre son conseil, et il riait à la pluie d'or qui s'annonçait et à la farce énorme qu'on lui imposait de jouer, comme s'il n'y eût pas été porté de lui-même !

Le lendemain matin, en se rendant à Colombes, il envoya Lydia chez papa Boucard.

Elle fut reçue par Julie, toujours rose, et qui, au nom de Chicot, devint plus rose encore et s'empressa :

l'impression que lui avait faite l'artiste persistait.

Lydia fronça le sourcil : bonne fille, mais vraiment jalouse, la tigresse chez elle ne dormait jamais que d'un œil.

— Toi, se dit-elle, j'aurai à te surveiller : mon lion a dû te faire la cour, hier !

Elle arriva à Boucard et récita le petit discours qu'elle avait étudié :

— Monsieur, je viens à vous comme au seul homme qui puisse me comprendre. Je viens au nom de l'art français, au nom de la sculpture nationale.

— La sculpture ! jeta tout de suite Boucard. Vous connaissez peut-être un artiste du nom de Chicot?

— Je suis son amie, sa seule amie au monde, et c'est pour lui que je viens. Hier, vous l'avez...

Papa Boucard lui ferma la bouche :

— Je vous en prie ! ne me reprochez rien ! j'ai assez regretté...

Et, roulant un fauteuil :

— Non ! ne m'accablez pas ! je n'avais pas compris... Ce Vercingétorix que je ne connaissais pas... Parlez ! Que désire M. Chicot? A sa disposition, tout ce qu'il voudra. Un atelier? Il l'aura, il va l'avoir, et bien éclairé, comme il me le disait hier, je n'ai rien oublié... Et, avec ça, des fonds, n'est-ce pas? pour les frais à faire : en voici !

A son tour, papa Boucard tirait de son portefeuille un grand billet bleu et le tendait à Lydia :

— Prenez ! prenez ! Et si ça ne suffit pas... Je n'ai rien à refuser à un artiste pareil !

Il marchait à plaisir, et Lydia eût pu lui demander davantage, exiger une pinte de son sang : il l'eût donnée !

Voilà bientôt vingt-quatre heures qu'il ne vivait plus, qu'il portait dans son sein ce serpent :

— Gagu aura sa statue et je n'aurai rien !

Il n'en avait pas dormi de la nuit.

— Oh ! retrouver ce sculpteur, le conquérir, l'avoir à soi, à soi tout seul !

— Je n'ai rien à refuser, rien !

Il eut pourtant une restriction :

— En retour, je ne demanderai qu'une chose à M. Chicot, mais j'y tiens essentiellement.

— Dites...

— C'est qu'il ne travaille pas pour un certain Gagu, de Colombes....

— Colombes ! fit ingénument Lydia : c'est à Paris que mon ami travaille...

— Pardon ! Il va travailler désormais à Colombes : c'est là que je lui procure un atelier...

Et comme Lydia ouvrait des yeux :

— Je m'installe moi-même là-bas... Une idée comme ça... Le besoin de respirer l'air de la campagne... Alors, vous comprenez? Je tiendrais à avoir le grand artiste pour voisin...

Oh ! elle comprenait très bien, mais cette exigence de Boucard gâtait singulièrement l'affaire.

Elle voyait les deux rivaux passant leur temps à surveiller l'artiste et découvrant facilement qu'il les trompait tous les deux.

Boucard continuait :

— J'ai loué, hier, une villa pour moi et ma famille, et, tout à côté, un pavillon où M. Chicot sera au mieux... Voulez-vous voir? J'ai la photographie..

Il la sortait de son portefeuille, la photographie, et il l'exhibait, et vraiment, le pavillon avait joli aspect.

— Voyez! c'est bien, n'est-ce pas?

Lydia s'en alla perplexe, quoique emportant le grand billet bleu et l'acte de location et des promesses à bouche que veux-tu.

Comme elle rentrait chez elle, Chicot y arriva ; il rentrait de Colombes, lui, il avait visité l'atelier qu'avait loué Gagu, il rapportait, également, l'acte de location.

Or, en rapprochant les deux actes l'un de l'autre, ils constatèrent que Boucard et Gagu avaient loué le même pavillon! L'un avait signé l'acte à Colombes, chez l'agent, tandis que l'autre signait à Paris.

Ils avaient, d'ailleurs, soldé l'un et l'autre le prix de six mois de location, et cela pour le compte de M. Chicot, sculpteur, et à son nom.

Ils avaient très bien fait les choses, en hommes soucieux de se concilier les bonnes grâces de l'artiste.

Chicot et Lydia se regardèrent, et ils éclatèrent de rire.

— Eh bien! on ne me reprochera plus de ne pas payer mon terme! pouffa l'espoir de la sculpture française : J'en paie deux d'avance et je les paie deux fois... C'est ça qui en boucherait un coin à Mame Patissou !

— Oui, fit Lydia, réfléchissant après avoir ri et retombant à ses perplexités, ce n'est pas banal ; seulement... Boucard entend que tu ne travailles que pour lui, et Gagu a dû te poser la même condition.

— Naturellement.

— Alors ? comment vas-tu te tirer de là ? Tu vas les avoir tous deux sur le dos, ils auront tôt fait de s'apercevoir que tu les trompes tous deux...

— Attends ! je demande à réfléchir... Nous avons trois points à examiner : 1° Les six mois de loyer payés deux fois ; 2° le travail à fournir ou plutôt à ne pas fournir pour ces deux idiots ; 3° mes travaux personnels, la commande de Roujon et ma Baigneuse. Sors ton démêloir. 1° Le loyer... Qu'estce que tu ferais, toi ?

— Moi, j'irais immédiatement trouver l'agence de Paris, je ferais constater le double paiement, et j'empocherais le remboursement qui s'impose.

— Et auquel de mes deux créanciers le rendrais-tu ?

— Je ne le rendrais pas.

— Hein ! tu garderais...

— Parfaitement. Rends-toi donc compte que, si tu rends le loyer, le charme est rompu pour celui qui rentre dans son argent, et qu'il exigera que tu lui rendes aussi le billet bleu...

— Heu !... Oui, oui, en effet, tu as raison. Mais alors... cet argent... je ne peux pourtant pas...

— Si, tu peux, et sans manquer aux intentions

de tes Mécènes. Qu'est-ce qu'ils ont voulu? Te mettre à l'aise. Suffit-il pour cela qu'ils t'aient offert un pavillon à la campagne ? Non, s'ils te l'offrent vide, et j'imagine que c'est le cas.

— Il n'y a pas une chaise !

— Donc, ça manque de meubles : achètes-en avec l'argent qui va rester sans emploi.

Une seconde, Chicot béa d'admiration devant cette logique supérieure.

— Amour ! proclama-t-il enfin, tu es deux fois ma maîtresse ! Allons nous faire rembourser, et de là faisons irruption chez un tapissier.

— Ce n'est pas tout, observa Lydia.

Il y a encore la question du travail.

— Ah ! oui... Mais pour ça, tu peux t'en rapporter à moi. Je trouverai tout seul... et le jeune Charles sera content de moi : Je la leur servirai, la leçon qu'ils méritent, ces deux toqués ! Je la vois déjà se dessiner...

Et il exposa la combinaison, une farce de carnaval, une rosserie magistrale, telle qu'à entendre Chicot la développer, Lydia, secouée d'un rire convulsif, s'abîma dans ses bras :

— Assez ! Assez ! N'en jette plus.

— Crois-tu maintenant qu'ils l'auront, la leçon?

— Ah ! les pauvres gens ! Je vais les plaindre !

— Allons donc ! Des brutes de cette force-là !... Viens faire nos courses, viens !

Ils se rendirent à l'agence de location.

Le remboursement encaissé, ils entrèrent chez un

tapissier et terminèrent leurs courses par une visite à un magasin de costumes de théâtre :

Là, ils achetèrent deux costumes gaulois avec leurs accessoires : la perruque, la longue moustache tombante et la framée, et quand ils sortirent de là, les commis se demandèrent si la compagne du grand Chicot n'était pas détraquée :

Elle n'avait pas cessé de rire aux éclats, à côté de l'artiste, très grave, lui, et qui la suppliait en vain d'être grave comme lui.

## VIII

Quinze jours après, seul dans son atelier de Colombes, le grand Chicot songeait.

C'était le matin, l'heure de la *Baigneuse*.

Elle était devant lui, la *Baigneuse*, presque complètement ébauchée, promettant une œuvre.

Elle y était, mais le modèle n'y était plus.

Une fois encore, Lydia avait pris son vol.

Un beau jour, après avoir présidé à l'installation, tout mis en train et posé cinq ou six fois la *Baigneuse* elle avait éprouvé le besoin de revoir Paris ; elle y était allée et n'était plus revenue.

Le veuvage de Chicot durait depuis une semaine, et il ne s'y était pas encore résigné, et, tous les matins, il restait là, des heures, à se creuser la cervelle devant la *Baigneuse* :

— Pourquoi m'a-t-elle quittée ? A Montmartre, je

comprenais ; elle n'aime pas la purée, mon hirondelle ; mais ici, où elle a tout à gogo ; ici où c'est elle qui a voulu venir... C'était son rêve... Son rêve ! Ah ! je t'en fous ! Pourquoi ? Ah ! femme ! femme ! quel scaphandrier subtil pourra jamais descendre lire ce qui se passe au fond de l'abîme que tu es !

Et il ne travaillait pas, et la *Baigneuse* restait à l'état d'ébauche.

Plus loin, sur une autre selle, Vercingétorix commençait à se dessiner dans un bloc de glaise : un Gaulois debout, les mains appuyées sur le manche de sa framée.

Mais de Boucard, mais de Gagu, point. Pas la moindre ébauche.

Pourtant les deux rivaux venaient poser tous les jours, l'un après l'autre, parfois même à la fois, mais sans le savoir.

Chicot avait divisé son atelier en deux compartiments, côté Boucard, côté Gagu. Une cloison mobile, un haut et solide paravent avait fait l'affaire.

Il avait dit à ses deux types :

— J'ai dû faire cette division pour travailler à une autre œuvre que je destine au Salon et que personne ne doit voir avant le jury ; la moindre indiscrétion me vaudrait un refus. Aussi bien, le modèle qui me pose cette œuvre veut absolument garder l'incognito, et je ne peux pas me permettre de le trahir, vous ne me le pardonneriez pas plus que si je vous trahissais....

Et ils s'étaient inclinés, chacun d'eux convaincu

que, de l'autre côté du paravent, il y avait l'œuvre dont il fallait respecter l'élucubration.

Et ils posaient avec une admirable conscience et une docilité sans égale.

Ils arrivaient l'après-midi, l'œil brillant de fièvre, souvent essoufflés, rompus : ils avaient passé leur matinée à se combattre dehors, sur la question du square, Gagu poursuivant son idée et Boucard, qui avait adopté cette idée, cherchant à devancer son rival.

Et c'étaient des visites quotidiennes au maire, aux adjoints, aux conseillers municipaux, aux électeurs influents : il ne suffisait pas d'offrir le square, il fallait le faire agréer par la municipalité.

Et, pour gagner la faveur des édiles, ils faisaient assaut de générosités, les bombardaient de cadeaux. Gagu avait porté le premier coup, en offrant un mât de cocagne pour la fête communale ; Boucard avait immédiatement donné un tourniquet ; puis, prenant les devants cette fois, il avait fait don d'une pompe à la compagnie des pompiers, ce à quoi Gagu avait répondu en remplaçant par des instruments tout neufs, les vieux cuivres bossués de la fanfare municipale.

Tout cela, coup sur coup, en moins de quinze jours.

Ah ! les Colombiens ne s'embêtèrent pas pendant cette quinzaine !

Et voici qu'un matin, cette autre nouvelle éclata : Colombes allait avoir le square qu'elle réclamait depuis si longtemps ! Un citoyen généreux venait d'offrir le terrain à la municipalité qui ne pouvait pas le refuser.

Le soir même, nouvelle nouvelle : ce n'était pas un square, mais deux squares qu'on avait offerts à la municipalité.

Les Colombiens avaient tout de suite compris : c'était le duel Boucard-Gagu qui continuait — et ils rigolèrent les bons Colombiens, et commencèrent à se demander :

— Ah ça, mais..., où veulent-ils en venir, ces deux toqués-là ? Qu'est-ce qu'ils visent ? Un siège au conseil municipal ? L'écharpe de maire ? Les palmes académiques ?

Pas un d'eux ne trouva, personne ne soupçonna l'invraisemblable ambition qui ravageait le cœur des deux rivaux :

— Dans ce square, au beau milieu, sur un piédestal, un personnage en marbre ou en bronze...

Chicot seul aurait pu révéler aux Colombiens ahuris le fond du cœur de ses deux modèles ; mais Chicot ne s'était lié avec personne et son intérêt lui interdisait, d'ailleurs, de vendre la mèche.

Donc, ce matin, l'espoir de la sculpture française songeait devant sa *Baigneuse* interrompue en pleine veine...

On frappa discrètement à l'une des entrées.

Il tendit l'oreille, murmura :

— Côté Boucard...

Et il alla ouvrir la porte qui donnait sur le jardin.

Julie, la petite bonne, entra.

— Bonjour, Monsieur Chicot ; je vous apporte des fleurs.

Des fleurs, elle en avait plein les mains, un bouquet qui la cachait à moitié et duquel émergeait son visage rose, telle une rose qui aurait eu des yeux et une bouche.

— Encore ! exclama Chicot.

C'était presque tous les matins que Julie venait le voir, lui apporter des fleurs, surtout depuis la disparition de Lydia, et Chicot trouvait qu'elle tournait un peu au crampon.

— Encore !

Mais il se reprit aussitôt, redevenant bon garçon :

— Ah ! c'est gentil... merci...

Il respira le parfum des fleurs.

— Elles sentent très bon, très bon.

— J'ai choisi les plus belles...

— Je le vois bien... et je t'en remercie, ma petite... Mais tes maîtres ?

— Oh ! Madame ne s'occupe pas des fleurs, et Mademoiselle ne pense qu'à son Charles.

Et Julie glissa, en clignant de l'œil :

— Il paraît que, grâce à vous, ça va bien, les amours...

Chicot se redressa :

— Qu'est-ce que tu dis ?

Julie ne se troubla pas.

— Ce que vous savez bien. C'est chez vous qu'ils se voient, les amoureux... Oh ! ce n'est pas la peine de dire non ; Mademoiselle m'a fait ses confidences... C'est moi qui lui sauve le coup quand Madame remarque son absence ; je raconte alors...

— Qu'est-ce que tu racontes ? Tu ne parles pas de moi, au moins ?

— Non, je raconte qu'elle est allée chez l'*accordeur pour son piano*...

La trouvaille de Julie mit Chicot en gaîté :

— Eh ! Eh ! il y a de ça, la belle !

Et il ne songea plus à nier la vérité.

C'était bien chez lui que se rencontraient Charles et Angèle, tous les jours.

Angèle arrivait par le jardin, côté Boucard, Charles par la rue, côté Gagu — et le paravent n'existait pas pour eux. Ils étaient autorisés à le tourner.

La première fois, Chicot avait bien fait les grands bras, craignant une surprise des papas ; mais Lydia l'avait facilement amené à laisser faire et même à protéger les amoureux.

— Voyons ! voyons ! mon grand lion, tu sais pourtant ce que c'est que de s'aimer... Tu dois ça à ces enfants, tu le leur dois !

Tant que Lydia avait été là, les amoureux y avaient été comme chez eux ; Lydia partie, ils avaient continué. L'habitude était prise et Chicot avait fini par trouver très bien le tour que Charles et Angèle jouaient à leurs papas. C'était sa seule distraction maintenant, et il la savourait en bohème qui garde au fond de sa nature le goût des farces dont le bourgeois reste assommé.

— Oui, il y a de ça, ma petite Julie... mais est-ce qu'elle coupe, la mère Boucard ?

— Elle n'a pas la tête à vérifier. Elle est tout le temps dans des états ! Et c'est surtout à vous qu'elle en veut.

— A moi?

— Elle vous accuse de choses !

— De quoi donc ?

— Monsieur ne mange plus, il ne dort plus, il dépense un argent fou... et Madame le voit tous les jours sortir de notre jardin et passer dans le vôtre pour venir chez vous.

— Tiens ! c'est assez naturel qu'il vienne ; je fais sa statue...

— Ah ! vous lui faites... Où est-elle donc, sa statue ?

Julie cherchait par l'atelier :

— Je ne vois rien qui ressemble à Monsieur...

— Elle n'est pas là, répondit vivement Chicot. M. Boucard ne me permet pas de la montrer ; c'est une surprise qu'il veut faire...

— Ah ! très bien... Je comprends ..

Là-dessus, Julie rappela dans un soupir :

— Vous m'aviez promis de me la faire, à moi aussi, ma statue... Vous aviez même posé votre cachet.

— Mais je vais te le poser encore...

— Non ! non !...

— Si ! Si !... Et je te la ferai, ta statue ; tu as la ligne...

Le grand Chicot n'eut qu'à étendre la main ; Julie

se laissa prendre et attirer sous le cachet, minaudant, toute rouge :

— Vous êtes un grand enjôleur, M. Chicot... Et vous vous moquez de moi.

— Moi ! si l'on peut dire... une jolie fille comme toi, et qui a la ligne... Car,, il n'y a pas, tu l'as !

Emoustillé, il oubliait Lydia ; ce fut Julie qui la lui rappela :

— Pas comme Mlle Lydia... Ah ! c'est elle qui est jolie...

Chicot se rembrunit :

— Ne me parle pas de Lydia. Je te le défends !

— Pourquoi donc ? Vous êtes brouillés ? C'est donc ça qu'on ne la voit plus ! Elle vous aura planté là...

L'amour-propre de Chicot protesta :

— Planté... jamais de la vie ! on ne me plante pas, moi !

Et il trouva cette explication :

— Elle est allée faire un tour à la mer, étudier la pose pour cette statue que tu vois là, que j'ai dû abandonner, n'ayant plus...

Il s'interrompit, visité par une idée : il pourrait s'y remettre à sa *Baigneuse*, Julie était là qui avait réellement la ligne...

— Ah ! oui, j'y songe ! C'est vrai que je t'ai promis ta statue... Tu sais, ma petite, je tiens tout ce que je promets, moi ! Il va falloir commencer le travail...

— Oh ! monsieur Chicot, je n'osais pas vous le demander.

— Pas besoin, je te dis que je tiens toujours. Es-tu prête ? Peux-tu me donner une heure ?

— Une heure... Oh ! voilà déjà un bon moment que je suis sortie ; si vous voulez, ce sera pour demain matin, je m'arrangerai pour être libre, et je ferai ma toilette des dimanches.

— Inutile, la toilette. Il en faut le moins possible, il n'en faut même pas du tout.

— Pas du tout ?

— Non, rien. Tu ne sais donc pas ce que c'est qu'une statue ? Tiens, regarde, voilà comment tu seras !

Julie recula en se voilant la face ; Chicot lui montrait sur un guéridon, une Vénus en plâtre.

— Oh ! M. Chicot ! oh !... jamais je n'oserai devant vous...

— Pourtant, ma petite...

— Jamais !... Oh ! toute nue...

— Voyons ! voyons ! tu es bien faite, tu as la ligne...

— Mais j'aurais trop honte...

— Bah ! on s'habitue très vite... Et d'ailleurs... attends ! Je vais te rassurer, j'ai trouvé un moyen...

Il arrivait à son but :

— Je te ferai en *Baigneuse* ; pas toute nue, en maillot... tu sais, en maillot de baigneuse...

— Oui, je suis allée une fois à la mer avec Madame et Mademoiselle... J'ai vu des baigneuses en maillot... On en avait même acheté un pour Mademoiselle ; il est à la maison, tout neuf... Elle n'a jamais osé le mettre...

— Eh bien ! mets-le, toi...

— *Mais*... Je n'ose pas beaucoup, non plus... On est comme toute nue encore... Ça vous colle... tout se voit...

— Des bêtises ! On ne voit rien... Sans ça, crois-tu, donc que ces dames qui sont à la mer... Et enfin, quand on est faite comme toi ! quand on a la ligne... Ah ! la jolie ligne que tu dois avoir, ma petite Julie !... Tiens ! si tu me refusais, j'en ferais une maladie...

— Oh ! M. Chicot !

— Mais oui ! Nous sommes comme ça, nous les artistes !... Un modèle nous tape dans l'œil, il nous le faut, nous n'en dormons plus ! Ne me refuse pas ça, Julie ! Ne me rends pas malade !

Il avait pris Julie dans ses grands bras, et de nouveau il posait son cachet...

On frappa à la porte de la rue.

— Ah ! côté Gagu, fit Chicot.

Julie se précipita vers l'autre porte.

— Je m'en vais !... Je m'en vais !...

— Mais tu reviendras !...

— Je... Je réfléchirai... Je tâcherai de m'habituer...

Elle disparut par le jardin en rajustant ses cheveux qui s'étaient un peu défaits...

— Toi ! je te tiens ! ricana Chicot. Tu me la poseras, ma *Baigneuse !* et j'arriverai à temps pour le Salon.

Il alla ouvrir côté Gagu.

Le jeune Charles entra en bombe, la figure bouleversée.

— Il faut en finir, M. Chicot ! Il faut en finir !

— En finir ? Avec quoi ?

— Lisez... lisez ça... Un billet d'Angèle ; comme je passais sous ses fenêtres, elle l'a laissé tomber... Lisez !...

Chicot lut :

« Mon pauvre chéri,

« Nous sommes perdus ! Maman devient folle et je suis moi-même très inquiète. Il y a eu, ce matin, une scène terrible, entre papa et maman, à propos de ses visites à M. Chicot et de l'argent qu'il dépense.

« C'est arrivé à la suite d'une visite qu'il a reçue, un monsieur qui est venu lui demander de faire construire une salle de théâtre. Le monsieur lui promettant la reconnaissance de tous les habitants, il s'est presque engagé à leur donner ça... et tu vois d'ici cette nouvelle dépense !

« Maman qui entendait la conversation, nous a vus ruinés, et le monsieur parti, elle a éclaté, parlant de demander le divorce et de s'en aller en m'emmenant !

« Et papa l'a envoyée promener, et sur un ton, avec de grands gestes !

« Alors, furieuse, elle m'a dit qu'elle irait chez le commissaire de police pour lui dénoncer M. Chicot qu'elle accuse de tout le mal. Elle s'est mis dans la tête que notre grand ami attirait papa chez lui pour lui faire faire toutes ces bêtises-là et le ruiner. Je l'ai entendue reprocher à papa de se rouler tous les jours dans l'orgie avec notre artiste et Mlle Lydia... Enfin, une scène épouvantable et, pour finir, la menace du commissaire.

« Va vite prévenir M. Chicot. Dans l'après-midi, je trouverai de moyen de m'échapper pour aller le voir, moi aussi, et le supplier d'arrêter les folies de papa... Je compte t'y trouver... »

— Eh bien, quoi? fit Chicot au bout de sa lecture. Maman Boucard me menace de la police ?

Il n'avait remarqué que cela, ce qui le visait personnellement.

— Qu'est-ce que vous voulez que ça me fasse? Je lui dis zut à la police. Elle est jolie, l'orgie ! Je suis veuf et je m'embête...

— Il ne s'agit pas seulement de ça, M. Chicot, essaya Charles. La police ! Vous n'avez rien à en craindre... D'abord, maman Boucard n'ira pas chez le commissaire, elle n'osera pas faire de scandale...

— Je vous dis que je m'en fiche ! Je n'ai rien à me reprocher.

— J'en suis sûr. Si je viens vous demander d'en finir, c'est à cause de tout cet argent bêtement gaspillé. Du train dont ils y vont, mon père et papa Boucard se ruineront. Voilà que les loustics de Colombes se mêlent de les faire marcher. Cette demande d'une salle de théâtre...

— Papa Boucard ne marchera pas.

— Croyez-vous ? Mon père marche bien, lui !

— Comment ! votre père...

— Il a reçu également la visite du même loustic, et il a formellement promis de s'occuper de la chose et autorisé le bonhomme à l'annoncer aux Colombiens...

— Ah ! mais, ah ! mais... Ça devient dangereux, en effet.

— Je vous dis qu'il faut en finir, M. Chicot...

— En finir ! En finir !

Chicot ne voulait pas en finir, lui, pas encore du moins : il avait son *Vercingétorix* à terminer, et, sa *Baigneuse* aussi.

— Je vais chercher le moyen de leur faire entendre raison.

— Je l'ai, moi, le moyen.

— Voyons ?

— C'est de leur mettre le nez dans leur folie !

Chicot fit un bond.

— Vous n'y songez pas ! Non ! Non ! Non ! Laissez-moi faire, y arriver en douceur, sans rien casser... On ne guérit pas les gens à coups de trique, jeune homme ! Oh ! je sais bien pourquoi vous êtes si pressé, vous ! Ce n'est pas seulement la question d'argent, elle n'est que secondaire pour vous. Il y a autre chose, je le constate chaque jour à vous voir avec Mlle Angèle... Vous n'en pouvez plus d'attendre, là !

Charles sourit :

— Il y a un peu de ça aussi...

— A la bonne heure ! Vous êtes franc... Eh bien ! je vais m'occuper de tout ça... chercher le moyen... Soyez tranquille, je le trouverai.

Le jeune Charles hocha la tête :

— Il n'y a qu'un moyen, M. Chicot, c'est le mien, et vous n'en voulez pas, et je vois bien pourquoi vous n'en voulez pas. Au fond, vous en avez par dessus la tête de vos deux pauvres toqués, mais vous craignez de perdre, en leur dessillant les yeux, tout ce que leur toquade vous a valu...

Chicot n'essaya pas de nier.

— C'est assez naturel, fit-il.

— C'est si naturel que je prends, moi, l'engagement de vous sauver la mise.

— Ah !

— Je réponds qu'il ne nous sera rien réclamé. Si je me trompe...

— Vous vous trompez certainement !

— Je supporterai la casse pour vous ; j'assumerai la responsabilité de tout ce que vous avez fait et je vous fournirai personnellement tout ce dont vous aurez besoin pour terminer vos travaux.

— Vrai ?

— Je vous le jure ! je suis à votre disposition pour vous louer dès aujourd'hui un atelier à Paris...

Chicot tendit les deux mains.

— Vous êtes un brave garçon, et on peut voir. Causons un peu de votre moyen...

Ils causèrent.

## IX

Et, après avoir causé, ils allèrent déjeuner ensemble.

Le déjeuner fut très gai et fortement arrosé.

— Ce sera dur, jeune homme ! Donnons-nous de l'aplomb !

En rentrant chez lui, Chicot riait tout seul.

— Sacré gamin ! il est plus fort que moi !

Il était à peine rentré qu'on frappa à la porte de la rue, à petits coups précipités qui le firent tressaillir :

— Côté Gagu... Ce n'est pas Gagu, il vient plus tard ; ce n'est pas Charles... qui ça peut-il bien être ?

Il alla ouvrir, et son visage s'illumina et le cuivre de Toulouse trombona joyeusement :

— L'Hirondelle !

C'était Lydia qui rentrait au nid, Lydia en grande toilette, avec un chapeau extraordinaire et des bijoux partout.

Elle se jeta à son cou, l'embrassa passionnément :

— Mon lion ! mon grand lion ! Ah ! que je suis heureuse d'être revenue... Je ne pouvais plus... Je ne vivais plus...

— Pourquoi me quitter alors ?

— Pourquoi ?... Ils ne t'ont donc rien dit ? Ils ne t'ont pas mis au courant ?

— Qui ça ? Au courant de quoi ?

— Les deux types... Le marché...

— Le marché !... Tu as fait un marché !...

Chicot recula, roulant des yeux féroces : à ce moment, toisant Lydia des pieds à la tête, il remarquait la toilette et les bijoux ; jusqu'ici il n'avait vu que ses yeux et sa bouche.

— Ah ! ah ! ah ! tu t'es vendue à ces deux idiots !

— Vendue, non ; tu exagères... Voyons ! tu ne voudrais pas, mon grand ! D'abord, je suis à Paris, ils sont ici... Je vais t'expliquer.

— Ce n'est pas inutile !

— Oh ! pas ce ton-là, ou je vais croire que tu es aussi bête qu'eux ! Voici la chose. Ils étaient jaloux de moi...

— Jaloux... pourquoi ?

— Tu t'occupais trop de moi et pas assez d'eux... Alors, tu les entends d'ici ! D'abord, la menace : « C'est moi qui paie, Mademoiselle ! J'entends ceci, je veux cela, et si je n'ai pas satisfaction, j'y renonce ! » Puis, comme je ne cédais pas, la prière, les supplications, et enfin le marché : « Tout ce que vous voudrez pour disparaître jusqu'à la fin du travail ! » Dame ! c'était tentant ! J'avais besoin de renouveler ma garde-robe, je n'avais plus un bijou... Et voilà ! j'ai tout cela maintenant, Boucard a payé les toilettes, Gagu les bijoux ; et je vais avoir un appartement très chic et une voiture au mois : Boucard paiera l'appartement, Gagu la voiture... je suis venue pour ça,... mais pour te revoir d'abord, mon lion !

Et résumant son plaidoyer :

— Qu'est-ce que tu veux, mon grand ! C'est bon de s'aimer, mais il faut être pratique dans la vie et ne pas perdre les bonnes occasions... Je viens passer quarante-huit heures avec toi, rattraper le temps perdu... Je ne m'en retournerai qu'après-demain et, pour m'en retourner, j'exigerai l'appartement et la voiture... Et je recommencerai la semaine prochaine! Seulement, je ne sais pas encore ce que je pourrai bien exiger la semaine prochaine... tu n'as pas une idée! quelque chose qui te ferait plaisir... quelque chose...

Brusquement elle s'arrêta, les yeux écarquillés, montrant du doigt ce qui la frappait.

— Qu'est-ce que tu as? Qu'est-ce qui te prend ? demanda Chicot.

— Ce bouquet! Qu'est-ce que c'est que ce bouquet ?

Ses yeux étaient tombés sur les fleurs de Julie, et il n'en avait pas fallu davantage pour réveiller la tigresse :

— Réponds ! qu'est-ce que c'est ?

— Mais... tu le vois bien, ce sont des fleurs !

— D'où viennent-elles ? qui te les a apportées ?

Chicot la connaissait trop pour dire la vérité.

— Personne... C'est moi qui les ai cueillies... en pensant à toi.

— Tu mens !

— Lydia !

— Tu mens ! quand je te quittai, il n'y avait pas de quoi faire ce bouquet-là dans notre jardin..

— Mais il y a d'autres jardins à Colombes.

— Tu mens ! C'est une femme qui t'a offert ça... Elle est venue ici... et je la connais ! Elle y venait déjà quand j'étais là, et elle te faisait des yeux de chatte.. Ah ! Ah ! misérable ! une bonne ! tu me trompes avec une bonne, pendant que je me sacrifie, moi !

— Mais je te jure...

— Tu mens !

Elle courait à l'ébauche de la *Baigneuse*, la débarrassait nerveusement des linges mouillés plaqués sur la glaise, la considérait, la détaillait...

— Qu'est-ce que tu cherches là !

— Rien. Je me suis trompée. Elle n'est pas plus avancée que le jour de mon départ.

— Qu'est-ce que tu te figurais donc ?

— Que tu avais fait poser ce souillon à ma place...

— Oh !...

— Il n'aurait plus manqué que ça ! C'eût été complet... Ah ! ah ! ah ! cette bonne me prenant ma place...

Elle revint à Chicot, se campa devant lui, sous son nez :

— Jure !

Chicot étendit la main :

— Je jure !

Elle haussa les épaules :

— Tu sais bien que je ne peux pas vérifier... Enfin, c'est bon ! Mais prends bien garde que je ne découvre quelque chose !... Prends garde ! tu entends ? Prends bien garde !

Ses yeux flamboyaient, et ses jolies quenottes blanches grinçaient.

Et brusquement, dégrafant sa robe :

— Je vais te la poser ta *Baigneuse* ! oui, puisque je suis là. C'est ma statue à moi, la mienne, à moi toute seule... Où est le maillot ?

— Là-haut, dans la chambre, s'empressa Chicot, enchanté de ce dénouement. Personne n'y a touché, depuis toi.

Elle se dirigea vers l'escalier :

— Je vais le mettre...

On frappa à la porte du jardin :

— Côté Boucard ! fit Chicot. Ce doit être cet imbécile qui vient poser.

— Expédie-le !

— Je lui ai promis de travailler aujourd'hui... Mais ce sera le moins long possible... Repose-toi un peu, tu es nerveuse... Dans tous les cas, attends que le Gagu soit parti : s'il te voyait, toutes tes petites combinaisons seraient perdues...

— J'attendrai ; mais expédie...

Elle disparut dans l'escalier et Chicot alla ouvrir.

C'était Julie, en robe de chambre !

— Ça y est, je me suis résignée... mais dépêchez-vous, pendant que j'ose... J'ai mis le maillot, il me va très bien. Voulez-vous voir?

Elle entr'ouvrait la robe de chambre et s'exhibait en maillot de baigneuse.

Chicot referma lui-même la robe :

— Non ! non ! pas en ce moment...

— Oh ! vous ne voulez plus ! Vous ne me regardez même pas ! Eh ! bien, moi je veux ! là, je veux !

Elle n'avait plus peur maintenant, et elle s'obstinait...

Nerveusement, elle retira sa robe de chambre, la jeta dans un coin.

— Mais regardez-donc !

Elle avait réellement la ligne, une ligne presque aussi pure que celle de Lydia, avec, en plus, dans les rondeurs, la fermeté du tout neuf...

Chicot loucha...

Ah ! si Lydia n'avait pas été là-haut !

Mais elle y était, elle pouvait, d'un instant à l'autre, descendre...

— Oui, oui, tu l'as la ligne ! constata l'artiste, en bégayant un peu : Et ça ira... ça ira très bien... Seulement, pas aujourd'hui. J'attends quelqu'un, M. Boucard... et s'il te voyait là, dans ce costume... C'est son heure...

Du coup, elle fut dégrisée.

— Oh ! Et vous ne le disiez pas !

Elle cherchait sa robe de chambre.

Le sable du jardin cria.

— Le voici ! souffla Chicot. File vite par l'autre côté...

— L'autre côté, la rue ! Et je suis en maillot ! Je ne retrouve même pas ma robe de chambre...

— Tu ne peux pas rester là ! Je ne veux pas qu'il te voie !

— Je ne peux pas m'en aller par la rue ! ma robe... où est ma robe ?

Elle marchait dessus et, dans son trouble, ne s'en apercevait pas.

— Mais je ne peux pas ! Vous voyez bien que je ne peux pas !... Cachez-moi ici...

— Ici... ah ! tu tombes !

— Mais non, je ne tombe pas ! Je me tiendrai très bien...

— Nom de Dieu ! tu fais des calembourgs maintenant !... Mais file donc ! Voilà ton singe !

— Mais je vous dis que je ne peux pas ! Vous n'avez donc pas un cabinet par là ! Mais si, de l'autre côté, je l'ai vu la dernière fois... Craignez rien, je ne bougerai pas !

Elle y courait, au cabinet.

Chicot ne put rien dire ; il n'eut que le temps de se composer un autre visage, papa Boucard entrait par la porte du jardin restée ouverte.

— Je ne vous dérange pas, mon cher artiste !

— Pas... pas du tout, mon cher modèle, je vous attendais.

— Je suis un peu en retard ; une affaire urgente... de première importance... un peu coûteuse, mais cette fois je suis sûr d'évincer M. Gagu...

— Ah ! tant mieux ! tant mieux...

— J'ai découvert le rêve des Colombiens ; je sais ce qu'ils veulent...

— Un square...

— Oh ! c'est bon pour Gagu, le square ; je le lui abandonne... Moi, j'offre mieux que ça et je conquiers du coup tous les habitants de Colombes, depuis le maire jusqu'au dernier des électeurs.

— Diable ! c'est un joli coup...

— N'est-ce pas ? Et un coup très simple, seulement il fallait le trouver. Je l'ai trouvé... Ah ! ce n'est pas ce cancre de Gagu qui y aurait pensé...

D'abord, il aurait reculé devant la dépense, lui.

— Elle est donc bien grosse ?

— Heu !... pas mal. Je vais offrir aux Colombiens une salle de théâtre...

— Une salle... Bigre ! un vrai cadeau de roi... Si, avec ça, les Colombiens ne réclament pas votre statue !

— C'est ce que je vous dis... Ah ! ce crétin de Gagu ! ah ! ah ! ah ! il va en faire une tête !

Papa Boucard riait à ventre déboutonné.

Il s'interrompit pour annoncer :

— En attendant, je vais faire la mienne, de tête. Nous travaillons, n'est-ce pas ?

Il alla à un placard, l'ouvrit et, disparu derrière la porte de ce placard, il procéda à sa toilette de modèle.

Ce faisant, il continuait :

— Dites-donc, mon cher artiste, c'est toujours votre idée que je serai mieux en personnage historique ?

— Infiniment mieux.

— C'est que... je crains un peu qu'on ne me reconnaisse pas assez.

— Je réponds, moi, qu'on vous reconnaîtra tout de suite... On vous trouvera mieux, voilà tout... et ce n'est pas vous qui pourrez vous en plaindre !

— Mais je ne me plains pas ! au contraire... surtout quand je pense à la tête de cet imbécile de Gagu !

Il riait de bon cœur ;

— Ah ! ah ! ah ! la brute ! A propos, il est venu hier ?

— Il vient tous les jours, me supplier, m'embêter...

— Ah ! mais, vous ne céderez pas, hein ?

— Non ! non ! non ! Je n'ai qu'une parole.

— Je le sais... Je vous ai apprécié... Croyez-vous qu'il revienne aujourd'hui ?

— Heu !... Il doit commencer à se décourager.

— Oh ! ne vous y trompez pas, c'est un obstiné, je le connais, moi !... Et vous comprenez ! Je ne voudrais pas qu'il me voie poser... Il n'y aurait plus le même coup pour lui quand on m'inaugurera.

— Soyez tranquille...

— Là ! J'y suis...

Il refermait le placard, et reparaissait en costume de chef gaulois, les jambes nues sous la tunique, coiffé d'une magnifique perruque et le visage orné de longues moustaches tombantes.

La framée à la main, il vint se camper devant Chicot, et, content de lui, demanda :

— C'est bien ça ?

Eh ! oui, c'était ça, la trouvaille de Chicot, la rosserie magistrale :

Il avait amené ses deux poires à se faire statufier en personnages historiques, et il leur faisait poser son Vercingétorix, et Boucard était convaincu, et Gagu n'en doutait pas : c'était sa statue que l'artiste exécutait !

— C'est tout à fait ça, dit Chicot, sans rire. C'est même étonnant comme vous êtes vite entré dans la peau du personnage historique: on jurerait que vous l'avez toujours été!

Et, tout en débarrassant Vercingétorix des linges mouillés :

— Est-ce que vous ne vous souvenez pas d'avoir déjà vécu dans les anciens temps?

Boucard chercha, candide :

— Non, pas du tout... Je ne...

— C'est extraordinaire! Enfin, c'est peut-être de l'atavisme...

— De l'ata...

— Visme, le sang des ancêtres, vos anciens grands-pères... Voyons, prenons la pose!

*Brusquement*, Boucard se redressa dans l'attitude d'un Vercingétorix défiant l'envahisseur, et de nouveau il demanda, de plus en plus content de lui:

— Est-ce bien ça?

Chicot alla à son modèle et rectifiant la pose:

— Presque... Je vous dis que c'est étonnant comme vous êtes dans votre personnage... Levez un peu plus la tête... Entr'ouvrez la bouche, comme si vous alliez dire ses vérités à votre ancien associé.

Boucard, obéissant, fit une grimace de fauve qui va dévorer quelqu'un.

— Pas tant! pas tant! vous vous fatigueriez!... Là... comme ça... Nous y sommes, ne bougeons plus! Je commence...

Comme il se mettait, en effet, au travail, on frappa à la porte de la rue...

Il tressaillit :

— Tiens ! qui est-ce qui vient me déranger !

Boucard avait tressailli, lui aussi :

— Je parie que c'est cet imbécile de Gagu. Chut ! pas un mot, pas un mouvement, vous perdriez la pose, et tout serait à recommencer.

Il alla ouvrir et se trouva nez à nez avec Gagu qui venait poser, lui aussi.

— Chut ! fit-il, lui fermant tout de suite la bouche.

Et il lui fit entendre par signes qu'il avait, de l'autre côté du paravent, le modèle qui ne voulait pas être vu, dont il fallait respecter l'incognito.

Gagu entra sur la pointe des pieds, et se contenta de murmurer à l'oreille de Chicot :

— Un mot, un seul ! Je tiens Boucard : il est nettoyé. J'offre une salle de théâtre... Ah ! l'idiot !

Et, silencieusement, sans remarquer que Chicot s'éloignait en pouffant, il procèda à sa toilette de pose.

Il coiffa une perruque et s'appliqua des moustaches toutes pareilles à celles de Boucard ; pour le reste, il n'eut qu'à retirer son pardessus et son pantalon : il portait toujours sur lui le costume de chef gaulois, tellement entré dans la peau du personnage historique qu'il ne le quittait que pour se mettre au lit.

De l'autre côté du paravent, Chicot disait tout bas à Boucard perplexe :

— C'est bien mon modèle... chut ! je lui ai permis de s'asseoir, mais je vais le renvoyer...

Puis, revenant à Gagu, il lui souffla à l'oreille ;

— Mon modèle craint que vous ne soyez indiscret... Chut! il va s'en aller...

Et s'étant assuré que les deux ne desserreraient pas les dents, il retourna à son travail.

Il roula sa selle à l'endroit où s'arrêtait le paravent, de façon à fermer le passage du côté Boucard au côté Gagu et à se trouver lui-même, pour travailler, à cheval sur les deux côtés.

Gagu avait déjà pris la pose, avec la même correction que son rival.

— Y sommes-nous? jeta Chicot.

Et les deux modèles se redressant ensemble :

— C'est ça... C'est tout à fait ça... C'est étonnant comme vous l'avez, l'atavisme... la ligne historique... Levez un peu la tête,.. Entr'ouvrez la bouche, comme pour dire ses vérités à votre ancien associé...

Il répétait, pour les deux maintenant, les indications déjà données tout à l'heure à Boucard seul.

Et les deux obéissaient avec un ensemble parfait, chacun d'eux persuadé que l'artiste parlait pour lui seul; pour que l'illusion persistât, Chicot n'avait qu'à ne pas prononcer de nom.

Ils avaient à la fois ouvert la bouche en une grimace terrible!

— Très bien, fit Chicot. Je commence, ne bougez plus ! Pas un mot, pas un mouvement : tout serait à recommencer. Pour vous aider à tenir la pose, pensez à la tête que fera votre imbécile d'associé le jour de l'inauguration.

Les deux modèles se tordirent.

— Chut! la pose... Vous rirez après tant que vous voudrez !... Là, parfait. Je commence.

Comme il se mettait au travail, on frappa à la porte du jardin.

— Bon! Voilà la petite amoureuse!

Il se dirigea vers la porte.

— C'est quelqu'un de chez moi! N'ouvrez pas! souffla Boucard.

Chicot fit celui qui ne comprend pas :

Il ouvrit.

— Je vous demande pardon, Mademoiselle, j'étais à travailler, si absorbé que je ne vous ai pas entendue frapper. Veuillez entrer, mais promettez-moi d'être bien sage et de ne pas troubler mon modèle.

Et tout bas :

— Vous avez reçu le mot de Charles ?

— Oui.

— Alors, vous savez ce que vous avez à faire...

Angèle passa très vite à côté de son père qui n'avait bougé que pour cacher son visage à sa fille, et elle alla s'asseoir sur un escabeau, derrière l'auteur de ses jours.

— Elle ne m'a pas reconnu, se disait Boucard... mais quelle idée de la faire entrer? qu'est-ce qu'elle vient faire là ?... Je voudrais bien être ailleurs...

Chicot se remettait au travail, comme si de rien n'était.

On frappa à l'autre porte.

— Cette fois, c'est l'amoureux!

Et il alla ouvrir encore, sans répondre à Gagu qui

lui demandait à voix basse de ne recevoir personne...

Charles entra, et sans façon, sans s'occuper du chef gaulois en qui il avait tout de suite reconnu son père, encore que ce dernier eût tourné son visage de l'autre côté, il s'excusa de déranger le grand artiste Chicot.

De l'autre côté du paravent, Angèle et Boucard avaient entendu la voix de Charles. Le père fronça le sourcil, la fille monta sur un escabeau, et montra sa jolie tête par dessus le paravent.

Le jeune Gagu ne hésita pas, il monta sur un autre escabeau et les mains des deux amoureux s'unirent, et les lèvres de Charles chantèrent sur les joues d'Angèle.

Les deux pères tressautèrent, mais la voix de Chicot éclata, le cuivre de Toulouse sortit ses plus puissantes sonorités :

— Ne bougez pas ! Posez ! mais posez donc, ou je lâche, moi ! je ne fais plus la statue !

La manace produisit l'effet attendu :

Boucard et Gagu reprirent la pose ; et Chicot son travail.

— Là ! nous y sommes, je continue...

Charles et Angèle échangeaient des douceurs.

— Ah ! mon Angèle ! ma chère Angèle !

— Ah ! mon Charles ! mon Charles chéri !

Là-dessus, un nouveau baiser qui fit perdre la pose aux deux modèles, et le cuivre de Toulouse les y ramenant :

— Ne bougez pas, sacrebleu! Je lâche tout, là! Je ne peux pas travailler dans des conditions pareilles! L'atavisme, sacrebleu! Ayez de l'atavisme!... Voyons! reprenons la pose, et gardons-la...

Et les deux malheureux se soumettant :

— Très bien! Ne bougeons plus! Songez à l'atavisme...

Charles reprit :

— Faut-il tout de même que ton père en ait une couche!

— Et le tien, donc!

— Ils sont idiots, tous les deux!

Ah! cette fois, ce fut plus fort qu'eux: les deux patients perdirent tout à fait la pose, et le cuivre de Toulouse dut tonitruer :

— Encore!... mais, nom de Dieu! voulez-vous me dire ce que ça peut vous fiche ce que racontent ces personnes qui ne vous connaissent pas! Car enfin, elles ne vous connaissent pas! Vous êtes un modèle, voilà tout!

Boucard et Gagu roulèrent les yeux, se disant :

— Au fait, c'est vrai : on ne m'a pas reconnu.

Et chacun se réservant de laver la tête à sa progéniture, ils revinrent à la pose :

— Continuons, prononça Chicot; mais c'est la dernière fois que je vous préviens : si vous bougez encore, je lâche.

Puis, bon enfant tout de même :

— Tenez! pour vous faire prendre patience, je vais vous chanter quelque chose.

Il voyait les deux amoureux sur une mauvaise pente; il avait un conseil à leur donner et, ne pouvant le faire ouvertement, il le leur chanta, sur un air quelconque, de sa plus belle voix, d'ailleurs :

Mes chers enfants,
Si vous voulez m'en croire
Et terminer heureusement
Cette histoire,
Plutôt que la trique employez le sentiment :
C'est avec le miel
Qu'on prend les mou-ou-ouches !

Là, il s'arrêta de chanter pour se faire des compliments :

— Hein! Est-ce tapé? Ce n'est pas pour dire, mais j'ai une assez jolie voix, et je chante des choses que tout le monde peut comprendre!

Angèle et Charles avaient parfaitement compris.

— C'est vrai qu'il a une jolie voix, dit Angèle; mais je n'ai pas le cœur à entendre chanter.

— Moi, fit Charles, ça me donne envie de pleurer!

— Faut pas, mon chéri! faut pas! je pleurerais aussi!

— Ah! quand je pense à notre bonheur perdu!

— Au temps où nous jouions à cache-cache dans le magasin...

Ah! les gredins! Ils savaient où frapper pour toucher les papas!

— On a bougé, je crois! gronda Chicot.

Boucard et Gagu avaient bougé, en effet ; mais ils rectifièrent aussitôt la pose.

— Oui, dans le beau magasin de la rue Rambuteau, reprit Charles. Je me vois encore te poursuivant derrière les comptoirs, et te poudrant de cassonade...

— Et je te répondais en te faisant des moustaches avec de la réglisse !

Les modèles ne bougaient plus, mais ils battaient des paupières, les yeux pleins de picotements...

— Très bien ! A la bonne heure ! dit Chicot. Voilà qui s'appelle poser !

En réalité, il parlait pour les amoureux, et il terminait en répétant la fin de sa chanson improvisée :

— C'est avec le miel qu'on prend les mou-ouches !

— Ah ! c'était le bon temps ! continua Angèle dans un grand soupir.

— Le bon temps pour tout le monde ! compléta Charles. Nos parents étaient heureux comme nous...

— Nos bons parents...

— Nos excellents parents... Je me souviens d'avoir vu mon père pleurer de bonheur en nous regardant...

— Le mien aussi avait sa petite larme...

Les paupières des papas battirent plus vite ; elle venait, la larme...

— Et tout cela est perdu ! gémit Charles.

— Fini, notre rêve de bonheur et celui de nos

pauvres bons parents! pleura Angèle... Mais non, ce n'est pas possible!

— Je m'armerai de courage, je supplierai mon bon père...

— Je me traînerai aux genoux du tien! je lui dirai : Vous voulez donc que vos enfants soient malheureux toute leur vie!

— Vous avez donc oublié la cassonade et la réglisse!

— Et je demanderai grâce!

— Et je pleurerai!

— Moi, je pleure déjà! je pleure!...

— Moi aussi!... moi aussi! je sanglote!

Depuis un moment, Boucard et Gagu faisaient des efforts surhumains pour se retenir de pleurer; en entendant ces derniers mots et les sanglots qui les accompagnaient, ils éclatèrent, bramant ensemble :

— Ah! ah! ah!... les pauvres enfants! les pauvres...

— Eh bien! Eh bien! fit Chicot; de quoi? qu'est-ce qui vous prend?

— La cassonade... la réglisse... Ces pauvres petits qui pleurent...

Et ils s'avancèrent vers Chicot pour se jeter dans ses bras; mais, au moment d'y tomber, ils se virent l'un l'autre, se reconnurent, et s'arrêtant, les yeux dans les yeux :

— Qu'est-ce que vous faites là, vous? cria Gagu.

— Et vous? rugit Boucard... Qu'est-ce que vous faites là?

Chacun d'eux avait empoigné le paravent et le secouait dans un besoin de briser quelque chose.

Le paravent tomba...

— Sacrebleu! tonna Chicot en se jetant entre les deux rivaux, vous détériorez mes meubles! Vous... vous... vous...

Il pouffait malgré lui...

Brusquement, il n'eut plus envie de rire.

Au bruit qu'avait fait le paravent en tombant, deux femmes avaient surgi, l'une dégringolant l'escalier, l'autre sortant d'un cabinet.

Deux femmes à peu près nues, vêtues d'un simple maillot de baigneuse, Lydia et Julie.

Et la première, en apercevant la seconde, oublia le bruit qui l'avait attirée.

Elle eut un rugissement de tigresse et bondissant sur Julie :

— Ah ! ah ! Je le disais bien !... Misérable ! tu m'as pris ma place ! Tu vas me payer ça !

Chicot se précipita :

— Lydia ! Lydia !

Elle n'entendit rien, elle tenait déjà Julie aux cheveux et tirait dessus.

Ce pendant que Boucard et Gagu échangeaient des gros mots et se passaient le poing sous le nez.

— Ah! zut alors! lâcha Chicot, ne sachant plus comment rétablir l'ordre. Faites ce que vous voudrez!

Il s'écartait, les mains dans les poches, roulant ses larges épaules.

Tout à coup, dans le tapage des deux querelles, une voix éclata qui venait du dehors.

— Au nom de la loi !

En même temps, on ébranlait la porte...

La loi !

Tout le monde avait entendu, le calme se rétablit instantanément.

— Ah ! ça... que signifie ?... qu'est-ce encore que cette plaisanterie là ! gronda Chicot...

Il alla ouvrir, décidé à dire deux mots au farceur qui se permettait de lui faire cette mauvaise blague.

Or, ayant ouvert, il ne dit rien; bouche bée, il regarda entrer la loi, car c'était elle, représentée par deux sergents de ville.

Angèle poussa un cri :

— Maman est allé chez le Commissaire !

## X

A bout de patience, se voyant déjà ruinée, Mme Boucard était allée, en effet, chez le Commissaire, dénoncer non pas les folies de son mari — elle l'aimait trop pour cela — mais les manœuvres de celui qu'elle accusait de tout le mal.

— C'est une orgie perpétuelle, Monsieur le Commissaire ! C'est épouvantable, ce qui se passe chez ce M. Chicot de malheur ! Je vous supplie d'y mettre ordre !

Ce jour-là, le Commissaire était pressé : il baptisait son petit premier.

Il s'était marié tard, plutôt vieux, et l'enfant n'était arrivé qu'après trois ans de mariage, alors que ses parents commençaient de désespérer. Sa naissance fut une vraie fête que son baptême allait compléter.

C'eût été folie d'attendre du brave Commissaire qu'il perdît une minute à aller au fond des doléances de Mme Boucard. Sa tête était ailleurs.

Cependant, un mot lui avait fait dresser l'oreille, un nom plutôt.

— Chicot? Vous dites?

— Chicot, Monsieur le Commissaire. Un artiste sculpteur...

— Ah! un artiste... Vous êtes sûre?

— Mais oui, Monsieur le Commissaire. Il fait une statue qui lui a été commandée par l'Etat.

— Oh! alors...

— N'empêche que cet homme est un misérable, Monsieur le Commissaire! Je vous dis que c'est épouvantable, ce qui se passe chez lui.

— Je vais faire vérifier, Madame.

Il appela son secrétaire :

— Envoyez donc deux sergents de ville chez le nommé Chicot...

— Chicot!

Le secrétaire, avait, lui aussi, dressé l'oreille.

Le patron acheva :

— Un artiste sculpteur qui mène, paraît-il, une

vie scandaleuse... Madame va vous donner l'adresse...

Lui s'en allait assister au baptême.

Le secrétaire se fit donner quelques brèves explications par maman Boucard, rédigea une plainte qu'il lui fit signer et, cinq minutes après, les deux sergents de ville partaient faire l'enquête. Le secrétaire s'était contenté de leur dire :

— Il paraît qu'on fait des cochonneries là-dedans. Tâchez de ne pas vous le laisser mettre : Vous aurez affaire à un artiste qui doit la connaître.

Il était pressé, lui aussi : il cultivait la muse et faisait des vers.

Au moment où le patron l'avait appelé, il était à la recherche d'une rime rebelle.

> Ni tes chants troublants, ni tes yeux pleins de ruse,
> Ni ta bouche où sourit...

L'autre hémistiche ne venait pas.

— Qu'est-ce qui pourrait bien sourire sur cette bouche-là, en même temps que rimer avec ruse ?

Il cherchait depuis la veille ; entre temps, il avait rédigé une douzaine de rapports, saboulé et fait enfermer trois ou quatre pochards, expédié à Paris deux vagabonds qui n'avaient pu justifier d'aucuns moyens d'existence :

La rime n'était pas venue, il la cherchait encore en donnant ses instructions aux deux sergents de ville...

Leur cape jetée sur l'épaule, les pouces dans leurs ceinturons, les deux représentants de l'autorité s'en allaient tranquillement vers le pavillon occupé par Chicot.

La petite expédition n'était pas pour leur déplaire :

— Un artiste qui fait des orgies : m'est avis qu'on va voir quelque chose !

— Moi, je sens des femmes là-dedans...

Ils rigolèrent.

Puis, l'un demanda à l'autre.

— Dis donc, Pigeonneau, tu le connais, toi, ce Chicot ?

— Non, je ne l'ai jamais vu... Il ne doit pas être là depuis longtemps...

— Moi, je ne le connais pas, non plus ; mais il me semble bien que son nom me dit quelque chose...

— Ah !

— Ça ne te dit rien, à toi ? C'est comme qui dirait une affaire dont il aurait été question...

Pigeonneau s'était arrêté, un doigt entre les deux yeux.

— Attends... que je me remémore... Il me semble bien, à moi aussi... Mais oui ! l'affaire Chicot, il y a une quinzaine de jours... une bande de cambrioleurs, la bande à Chicot ! c'est ça, la bande à Chicot !

Et le premier, se souvenant à son tour :

— 'Rfait'ment... On n'en a arrêté qu'un... un particulier qui avait un sale nom... comme qui dirait un nom de bête.

— Pied-de-Vache !

— C'est ça, Pied-de-Vache ! C'est par celui-là

qu'on a su le nom du chef de la bande, Chicot.

Ils se regardèrent :

— Si que ça serait notre individu... qui serait venu se cacher à Colombes... !

— Le secrétaire a dit que c'était un artiste sculpteur.

— Oh ! le particulier peut faire le sculpteur pour mieux se cacher... ça doit être un lapin, ce chef de bande !

— A preuve qu'on n'a jamais pu le pincer...

Ils toussèrent en se remettant en marche.

— Hum ! ça serait drôle...

— Une bonne prise qui en boucherait un coin aux camarades de Paris...

— Y a peut-être toute la bande, là !

— Mais oui, on fait des cochonneries !

Il toussèrent de nouveau :

— Hum ! Serait prudent de demander du renfort !

Et, un moment, ils se tâtèrent.

— Non, ils étaient commandés comme ça, tous deux seuls. Il fallait voir d'abord...

Ils serrèrent leur ceinturon, firent jouer leur sabre dans sa gaine.

— Sommes des hommes, hein ? Allons-y !

Mais, par prudence, ils convinrent de ne parler ni de Pied-de-Vache ni de la bande.

— Nous ferons ceux qui coupent dans le métier de sculpteur.

— Ce n'est qu'après qu'on parlera du reste.

Ils étaient arrivés.

La porte ouverte, ils entrèrent en roulant des yeux terribles...

— Ben ! dit Pigeonneau, vous y mettez le temps ! Faisiez vos cochonneries, s'pas ?

Le premier mouvement de Chicot fut de se révolter...

— Pardon ! je ne vous permets pas...

— Si ! faisiez vos cochonneries... La preuve, ce que c'est que ces deux cocos là ?

Il désignait les chefs gaulois, Boucard et Gagu.

Les deux rivaux protestèrent :

— Cocos !

— Ce sont des modèles, dit Chicot.

— Ça, des modèles, ricana Pigeonneau, modèles de quoi ? Vous foutez de moi, **vous** !

— Mais...

— C'est des masques, et sommes pas en carnaval !

— Et ça, donc ? lança l'autre, en marchant sur Lydia et Julie.

— Oh ! des andalixes !

Il voulait sans doute dire odalisques.

— Niez-la maintenant, la cochonnerie ! Niez-la !

Julie, atterrée, se faisait toute petite et tremblait sous son maillot ; mais Lydia était d'une autre chair.

Elle leva la main pour souffleter l'insolent.

Le sergent de ville saisit la main :

— Des voies de fait ! Vous fourre au clou, moi !.. Empoigne l'autre, Pigeonneau !

— Ah ! ah ! ma mère ! sanglota Julie.

— Et ces deux cocos aussi... Au clou ! au clou !

Le cuivre de Toulouse éclata :

— Ah ça ! qu'est-ce que cette comédie ?

Les deux sergents lui sautèrent dessus.

— De la rouspétance ! Le cabriolet pour celui-là...

— Le cabriolet ! Ah ! par exemple... Voyons laissez-moi vous expliquer... Il y a erreur.

— Je m'en fous... Connais que ce que je vois, moi ! Faites des cochonneries avec ces deux cocos et vos andalixes...

— Mais je vous dis que ce sont des modèles !

— Des blagues !

— Je suis Chicot, le grand Chicot...

— Si vous croyez qu'on le sait pas !

— Je suis ici pour faire une statue...

— Une statue... ah ! ah ! vous foutez pas de moi... on est fixé.

— Mais...

— Assez ! vous vous expliquerez au poste ! Allons ! ouste ! tout le monde !

Un gémissement se fit entendre :

— Oh ! Charles...

C'était Angèle qui se blotissait de peur dans les bras de son amoureux.

Pigeonneau s'était retourné :

— Charles !... Vous défends de m'appeler Charles... Permets ça qu'à ma future...

— Mais c'est moi qu'elle appelle Charles, observa le jeune Gagu. Et elle est ma future...

— Ah ! votre future... N'avez pas honte de la conduire dans des endroits pareils !... Enfin, vous appelez Charles comme moi... N'avez pas l'air d'être de la bande... Ramenez votre future chez elle et ne recommencez pas !. . Les autres, allons ! allons ! en route !

— Mais, Monsieur le sergent, protestèrent Boucard et Gagu.

— Il n'y a pas de Monsieur ! Il faut marcher.

— Laissez-nous au moins changer de costume !

— Jamais ! Faut que le commissaire vous voie dans la tenue subséquente du délit.

— Eh bien ! Et nous alors ? clama Lydia. Vous n'allez pas nous emmener comme ça, peut-être !

— Comme ça... Non, vous avez raison, je n'aurais qu'à rencontrer ma future.

Et lui jetant sa cape :

— Couvrez tout ça...

L'autre en fit autant pour Julie...

— Alors... alors... nous nous laisserons faire ! gémit Boucard.

— C'est épouvantable ! pleurnicha Gagu. Mais défendez-nous donc, M. Chicot !

Or, Chicot en avait pris son parti :

— Il n'y a rien à faire avec ces Messieurs. Je m'expliquerai avec le commissaire, qui comprendra, lui. Il n'y a pas de coupable, mais s'il en fallait un, je mettrais tout sur le dos de Vercingétorix...

— Vercingétorix ! s'exclamèrent les deux rivaux... Ah ! oui, oui, bien trouvé...

Les sergents de ville avaient tressauté.

— Hein ? qui ça, Vercingétorix ? où est-il, cet autre, qu'on l'arrête aussi ?

— Ne vous gênez pas ! pouffa Chicot... Le voici, cette statue que j'étais en train d'exécuter... une commande officielle, du ministre...

— Du ministre !

— Et ces Messieurs, par dévouement, consentaient à me la poser.

Boucard et Gagu auraient dû bondir à cette révélation ; ils n'y virent qu'un expédient pour se tirer d'affaire, et approuvant à voix basse :

— Très bien ! très adroit...

Les sergents de ville n'approuvaient pas, eux.

— Ah ! ces Messieurs, fit l'un...

— Et ces andalixes aussi ? fit l'autre.

Et ensemble ;

— Ah ! Ah ! Ah ! gros malin !... on nous la fait pas à nous...

Pigeonneau ne put pas retenir plus longtemps ce qu'il avait sur la langue ; tutoyant Chicot :

— On sait que tu es fort, mon gaillard. Mais si tu te figures que tu vas nous rouler comme ceux de Paris... Tu es pincé, mon vieux Chicot, et voilà assez longtemps que Pied-de-Vache t'attend...

— Pied-de-Vache !

— Ah ! tu le connais, celui-là ! Allons, en route ! Les andalixes d'abord... Et tachez de respecter l'uniforme dont auquel vous avez l'honneur de le porter jusqu'au poste !

Lydia avait fini par s'amuser de l'aventure.

— Sois tranquille, mon gros loup, répondit-elle de sa plus jolie voix ; sois tranquille...

— Vous défends de me tutoyer, vous ! hurla le sergent de ville. Oui, vous vois venir. Voudriez m'enguirlander aussi ! Allons ! ouste ! plus vite que ça !

Et à Julie qui se laissait emmener sans rien dire, hébétée :

— Ah ! ne dites rien, vous ? N'en pensez pas moins... Vous tiendrai à l'œil, vous !

Puis, aux trois hommes :

— A vous autres, et tachez moyen de filer doux !

— Voilà ! voilà ! accepta Chicot.

Mais Boucard et Gagu eurent un mouvement vers leurs enfants :

— Angèle !

— Charles !

Ils ne purent en dire davantage ; les deux sergents de ville les poussèrent dehors...

## XI

Et le secrétaire cherchait toujours sa rime :

> Ni tes charmes troublants, ni tes yeux pleins de ruse,
> Ni ta bouche où sourit...

— Où sourit... où sourit... répétait-il en se rongeant les ongles. Elle ne viendra donc pas, cette rime !

Ce fut Pigeonneau qui vint.

— Pardon, Monsieur le secrétaire...

— Zut ! lança le trouvère qui ne trouvait pas. Laissez-moi chercher la rime !

Et déclamant à haute voix :

> Ni tes charmes troublants, ni tes yeux pleins de ruse,
> Ni ta bouche où sourit...

Pigeonneau souriait lui aussi ; comme tout le commissariat, il connaissait la petite maladie du secrétaire :

— Il fait des verses !... Rimons, rimasses !...

Mais Pigeonneau avait à parler, il s'obstina :

— Pardon ! interrompit-il, faites excuse...

Le secrétaire fit un bond :

— Hein ? Excuse... Excuse!... je la tiens ! Ruse, excuse... Ça y est ! je vous dis que je la tiens ! Une seconde, je note, et je suis à vous! Ah ! mon vieux Pigeonneau, ça y est, cette fois !

— C'est pas dommage ! pensa Pigeonneau.

Le secrétaire complétait son second vers.

> Ni ta bouche où sourit... la douceur de l'excuse...

En voilà une rime qui m'aura donné de la peine.. Enfin, je la tiens ! A vous, qu'est-ce que vous voulez ?

— Voilà, Monsieur le secrétaire, je voulais vous dire que la chose est faite.

— La chose... quelle chose ?

— La vérification chez le particulier qui fait des orgies...

— Ah !... ah ! oui, j'y suis. Eh bien ?

— Eh bien ! pour lors que nous avons arrêté toute la bande.

— Arrêté... comme ça, sans mandat !

— Pour lors que c'était le flagrant délit, qu'il y avait pas moyen de reculer... Figurez-vous des particuliers en costume de carnaval avec des andalixes.

— Vous dites ?

— Des andalixes, des particulières qui font le métier de la volupété...

— Ah ! vous voulez dire des odalisques...

— C'est ça, des andalixes... D'ailleurs, voici notre rapport.

— Bon, je vais examiner ça.

— S'agirait de pas perdre de temps. Le poste est encombré, toute la bande, je vous dis.

— Je vais voir tout de suite...

— Tout de suite... tout de suite... Vous allez encore chercher la rime...

Le secrétaire se fâcha :

— Ah ça ! de quoi vous mêlez-vous là ?

Pigeonneau ne s'émut pas :

— C'est dans votre intérêt, Monsieur le secrétaire...

— Mes affaires ne vous regardent pas !

— Bah ! bah ! vous me remercierez après. Je sais ce que vous voulez, avec vos rimes... la petite machine violette pour la boutonnière, comme le patron... ça vous est dû...

Le secrétaire rougit jusqu'au blanc des yeux :

— Vous ne savez pas ce que vous dites !

Mais il ne criait plus, il était touché au bon endroit, et Pigeonneau put continuer.

— Mais si, ça vous est dû. Seulement, il faudrait vous montrer, faire quelque chose de pas ordinaire... et c'est ça que je vous apporte, moi !

— Comment ! vous m'apportez...

— Cette affaire des orgies, toute la bande sous clé...

Le secrétaire haussa les épaules :

— Oui, quelque gaffe...

— Mais non, mais non...

— Mais si, je la sens, la gaffe... Un artiste qui s'amuse avec des camarades, et vous les arrêtez comme des malfaiteurs. Ça va être un scandale, et c'est moi qui écoperai.

Pigeonneau riait.

— Je vous dis, moi, que c'est la petite machine violette, l'affaire pas ordinaire.

Et, sûr de lui :

— Pas artiste du tout, le particulier... artiste pour la frime, pour se cacher. C'est un chef de cambrioleurs, c'est le Chicot de Pied-de-Vache ! savez bien, Pied-de-Vache, la bande à Chicot...

Le secrétaire ouvrit des yeux.

Déjà, quand le patron avait prononcé le nom de Chicot, ce soupçon lui était venu ; mais le patron avait ajouté : artiste sculpteur...

— Vous dites qu'il n'est artiste que pour la frime ?

— R'faitement, et quand je lui ai parlé de Pied-de-

Vache, il a fermé tout de suite et il n'a plus osé rouspéter...

Le secrétaire alla à un casier « *Affaires à suivre.* »

Il y prit un dossier sur la chemise duquel flamboyaient en belle ronde ces quatre mots : *La Bande à Chicot.*

Il l'ouvrit et relut la dernière circulaire de la Préfecture de police :

« Les recherches à Paris n'ont rien donné. Depuis l'arrestation de Charles Bricut, dit Pied-de-Vache, la bande et son chef ont complètement disparu ; mais plusieurs cambriolages récents, exécutés dans la banlieue par des gens déguisés et masqués, — c'est la façon d'opérer de la bande — nous font croire que Chicot a transporté là le siège de ses exploits. »

Le secrétaire se passa la main dans les cheveux.

— Vous m'avez parlé de particuliers en costume de carnaval....

— Avec des andalixes !

— Et vous m'avez dit qu'au nom de Pied-de-Vache le prétendu sculpteur était resté interloqué...

— Plus un mot ! Pas pu répondre ça !

Le secrétaire eut un geste qui signifiait clairement :

— C'est bien lui !

Si clairement que Pigeonneau triompha :

— Hein ! quand je vous le disais, l'affaire pas ordinaire ?

Et il riait :

— Ah ! ah ! ah ! c'est çà qui va en boucher un coin

aux Parisiens : Blagueront plus Colombes! ah! ah ! ah!

Le secrétaire laissa tomber sévèrement :

— Quand vous aurez fini de rire!

— Mais il y a de quoi! on est content, on est fier... Une capture pareille...

— Une capture... c'est moi qui vous ai envoyé la faire, donné les instructions...

— R'faitement. Mais...

— Il n'y a pas de mais... Vous n'êtes qu'un instrument, une machine, vous n'existez pas. Il n'y a ici que deux hommes, le commissaire et moi, et aujourd'hui il n'y en a qu'un, moi! moi qui remplace le commissaire absent...

Là-dessus, d'un signe de tête, il montra la porte :

— Retirez-vous. Je vais examiner l'affaire. Je vous rappellerai si j'ai besoin de vous... Allons, filez...

Pigeonneau s'en alla en se grattant l'oreille :

— Bon! c'est lui qui a tout fait maintenant... et c'est tout juste s'il m'engueule pas!

Le secrétaire réfléchissait :

— Voyons! il s'agirait de bien mener sa barque et de se tailler un joli succès là-dedans... Les palmes... évidemment! Il a raison, cet imbécile-là! Une capture pareille, sur mes instructions personnelles, en l'absence du commissaire occupé à baptiser son fils... D'abord, prévenons la Préfecture.

Il sonna. Un employé vint :

— Allez prévenir M. le commissaire que j'ai arrêté *la bande à Chicot* et, en revenant, passez à la poste téléphoner la nouvelle à la Préfecture de Police.

L'employé, qui la connaissait déjà, la nouvelle, par Pigeonneau, répondit tranquillement :

— Bien, monsieur le secrétaire, j'y vais ! Mais il y a là une dame qui demande à vous parler...

— Est-ce qu'elle est convoquée ?

— Non.

— Alors, je n'ai pas le temps... Toute cette affaire à débrouiller...

— Pardon, monsieur le secrétaire, c'est que, justement, elle en est, de l'affaire !

— Et elle est en liberté ? qu'on l'arrête aussi !

— Vous confondez... elle en est, mais parce que c'est elle qui est venue vous dénoncer la chose...

— Ah ! c'est la plaignante !... Elle vient chercher sa récompense... Très bien, faites-la entrer.

Maman Boucard fut introduite.

La pauvre femme était dans un état à faire pitié. Elle avait failli devenir folle en apprenant, de la bouche de sa fille, ce qui venait de se passer chez le sculpteur.

— Ton père arrêté ! oh ! oh ! malheureuse que je suis ! Mais non, c'est impossible !... Qu'est-ce que nous allons devenir ? Qu'est-ce qu'il faut faire ?

Angèle, rassurée par Charles, avait, à son tour, réconforté sa mère :

— Il faut aller chez le commissaire, maman, et lui dire la vérité. D'ailleurs, c'est toi qui as déposé la plainte, n'est-ce pas ? Eh bien ! tu n'auras qu'à la retirer. Allons ! viens chez le commissaire, je t'accompagne avec Charles.

Maman Boucard se rendit au conseil de sa fille, mais ce fut en tremblant, chavirée, la tête à l'envers, qu'elle refit le chemin du commissariat.

Elle comparut seule devant le secrétaire, et commença, en bredouillant :

— Monsieur le commissaire, je viens vous dire...

Le secrétaire l'arrêta d'un mot :

— Inutile ! Nous sommes fixés.

Elle comprit que l'erreur était reconnue.

— Alors... vous allez les relâcher ?

— Relâcher ?... relâcher qui ?

Le secrétaire avait pris son air le plus sévère.

— Les gens de la bande que vous nous avez dénoncée ?

La bande !

Elle se trompait : l'erreur continuait.

— Ce n'est pas une bande, Monsieur le commissaire, je vous le jure ! Ce sont de braves gens...

— Ah bah !... Pardon ! Est-ce que vous seriez revenue pour vous moquer de nous ?...

— Mais je vous jure... j'étais comme folle quand je suis venue la première fois. Je vais vous dire : c'est mon mari...

— Qui ça ? qu'est-ce qu'il a fait, votre mari ?

— Il... il me donnait des inquiétudes avec ce M. Chicot ; j'ai pensé que vous y mettriez ordre, je suis venue me plaindre... et voilà qu'on l'a arrêté.

— Votre mari ?

— Oui, Monsieur le commissaire.

— Avec la bande ?

— Oui, mais je vous répète que ce n'est pas...

Le secrétaire eut un geste tranchant.

— Assez ! j'ai compris. Je m'explique votre dénonciation et votre démarche de maintenant.., Oh! je me l'explique très bien...

— Ah! merci, Monsieur le commissaire!

— Il n'y a pas de quoi. D'abord, on dénonce sur un coup de colère, un besoin de vengeance...

— Eh! oui... hélas! Et puis...

— Taisez-vous! Je sais parler. Je dis la colère, la vengeance. Et puis, le mari arrêté, on réfléchit, on regrette, et on croit qu'il suffira de venir nous dire : Il y a erreur!

— C'est bien cela, Monsieur.

— Je le sais.... Eh bien! non, Madame, il n'y a pas d'erreur! Ce qu'il y a, c'est que votre mari va vous manquer pour les jolis coups où vous étiez sa complice...

— Oh! Monsieur... moi!

— Plus moyen de cambrioler, maintenant : il est sous clé...

— Cambrioleur! mon mari!

— Oui, oui, oui, votre mari, un affilié de la bande à Chicot!

Et puisque vous le regrettez tant que ça, on va vous le rendre!

Maman Boucard respira :

— Ah!... A la bonne heure, Monsieur le commissaire...

— Oui, on va vous le rendre, tout de suite.

POLICE

— Merci, Monsieur... Je savais bien... Merci!

Le secrétaire avait sonné.

Il jeta cet ordre :

— Faites venir Pigeonneau!

On alla chercher Pigeonneau.

— M'avez demandé, Monsieur le secrétaire ?

Le remplaçant du commissaire montra Maman Boucard, et froidement :

— Arrêtez cette particulière!

La pauvre femme ouvrit la bouche pour protester : rien ne sortit.

— Et collez-la au bloc avec la bande : elle en fait partie, acheva le secrétaire... Nous établirons plus tard son degré de complicité.

La poigne de Pigeonneau s'abattit sur l'épaule de Maman Boucard.

— Allons! au bloc!

Elle joignit les mains, essaya de tomber à genoux; Pigeonneau l'enleva :

— Allons! allons! pas de rouspétance, ou vous passe à tabac, moi!

Et il l'entraîna.

Elle ne recouvra la voix qu'au sortir du cabinet, et alors à ses cris, d'autres cris se mêlèrent :

C'était Angèle qui ne voulait pas qu'on arrêtât sa mère; c'était Charles qui, perdant la tête à son tour, sautait sur Pigeonneau et le secouait comme un prunier, en le traitant d'idiot.

Aux appels de Pigeonneau, le poste arrivait et le

secrétaire aussi, qui vit bien tout de suite ce dont il retournait :

Tentative d'enlèvement d'un prisonnier par deux complices restés en liberté !

— Ah ! ah ! Pigeonneau, il paraît que vous aviez encore oublié ces deux-là ! Ça vous apprendra !

Et Charles et Angèle furent traînés au poste avec Maman Boucard, Charles écumant de rage et hurlant :

— Oui, nous en sommes aussi, mais vous n'êtes que des brutes ! des brutes !...

Le secrétaire se frottait les mains :

— A la bonne heure, il avoue, celui-là... Ah ! on ne me la fait pas, à moi ! Et cette fois, je peux me vanter d'être pour quelque chose dans l'arrestation de cette bande ! Voyons ! il s'agit de rédiger le rapport en conséquence...

Comme il s'y mettait, la porte de son bureau s'ouvrit sous une poussée violente, et le commissaire entra :

— Eh bien ! quoi ? Qu'est-ce qu'il y a ! Qu'est-ce qu'on me raconte ? La bande à Chicot arrêtée ? C'est une fumisterie, hein ? pour m'enlever à mes invités... et à mon fils, le jour de son baptême !

Le secrétaire s'était levé :

— Monsieur le commissaire...

— Je ne vous permets pas ces plaisanteries-là !

— Mais ce n'est pas une plaisanterie, Monsieur le commissaire.

— Comment ! c'est sérieux ? La bande...

— Elle est sous clé. Voici le rapport de Pigeonneau.

Le commissaire changea aussitôt de mine :

— Voyons ça !

Il prit le rapport, le parcourut rapidement, et lui aussi fut pris aux affirmations de Pigeonneau.

« Au nom de Pied-de-Vache, le nommé Chicot n'a plus su que dire et il s'est laissé arrêter avec toute sa bande... »

Et marchant lui-même :

— C'est bizarre ! J'ai senti ça, quand cette femme qui est venue déposer la plainte, m'a lâché le nom de Chicot !...

— Encore une preuve, Monsieur le Commissaire, appuya le secrétaire. Cette plaignante est la femme d'un des hommes de la bande. Elle me l'a avoué, à moi-même, après avoir essayé de tirer son mari d'affaire. Inutile de vous dire que j'ai arrêté la femme aussi.

— Très bien..., très bien...

— Et ce n'est pas tout, Monsieur le Commissaire. Comme on la conduisait au poste, deux autres complices qui rôdaient par là, sont tombés sur Pigeonneau pour lui enlever sa prisonnière...

— Arrêtés aussi, je pense !

— Bien entendu !

Le visage du Commissaire s'était illuminé.

— Parfait ! Et comme ça tombe ! Tout à l'heure, un de mes invités me prédisait un succès qui me vaudrait le ruban rouge ! Le voilà, le succès ! Cette capture que n'ont pas su faire nos parisiens !

A ce moment, il remarqua que son secrétaire faisait une drôle de mine, paraissait plutôt mécontent.

— Qu'est-ce que vous avez, vous? On dirait que vous la regrettez, la capture...

L'autre protesta :

— Oh ! vous n'y pensez pas, Monsieur le Commissaire; j'en suis ravi... absolument ravi... seulement...

— Ah ! il y a un seulement ! Expliquez-vous.

— Voilà, Monsieur le Commissaire, je voudrais que cette capture... une véritable action d'éclat... que j'ai accomplie moi-même...

— Vous-même !...

Le patron avait déjà compris.

— Comment ça, vous-même ! C'est Pigeonneau qui a arrêté... et sur mes instructions, à moi !

— Pardon, Monsieur le Commissaire, c'est moi qui l'ai envoyé...

— Sur mon ordre ! Avant d'aller au baptême... Je sais ce que je dis et ce que je fais, je pense !

— Je ne dis pas le contraire, Monsieur le Commissaire. Seulement...

— Encore !

— C'est moi qui ai arrêté les deux derniers complices... et d'abord la plaignante...

— La plaignante ! Je vous conseille de vous en vanter ! On n'arrête pas une plaignante, Monsieur ! De par le code, toute personne qui dénonce, fût-elle une complice avérée, échappe par là même à la répression. Vous avez fait une gaffe, voilà tout. D'ailleurs, je m'en doutais...

— Monsieur le Commissaire...

— Assez ! Vous me fatiguez. Vous vous donnez des airs qui ne me vont pas. A vous entendre, c'est vous qui feriez tout ici !... N'oubliez donc pas que vous ne comptez pas, ici, qu'il n'y a qu'un commissaire, c'est moi !

Et s'installant dans le fauteuil, le patron reprit le rapport de Pigeonneau :

— Voyons ! que j'étudie cette affaire, et que je répare vos gaffes... qui proviennent d'un excès de zèle, je le reconnais. Je sais d'où ça vient : vous voulez les palmes, n'est-ce pas? Je ne peux pas vous en blâmer... mais moi d'abord, jeune homme ! moi d'abord. Je vous ai dit qu'un de mes invités m'avait prédit le ruban rouge..., et franchement l'occasion est trop belle..., le coup de filet est trop remarquable... Avez-vous prévenu la Préfecture de police, au moins?

— Oui, Monsieur le Commissaire; J'ai fait téléphoner.

— De ma part, j'espère ? Non ! je parie que vous avez tout pris pour vous !

— Mais vous n'étiez pas là !...

— Pas là ! J'y suis toujours, Monsieur ! Vous êtes mon ombre ! Quand je n'y suis pas, j'y suis encore, et tout ce que vous pouvez faire, c'est moi qui le fais ! Tenez-vous ça pour dit ! Là-dessus, je reprends l'affaire...

— Voyons ce rapport que j'ai lu un peu vite...

Il relut, sans hâte, en détachant les mots :

— « Nous sommes rendus chez le nommé Chicot; avons pénétré dans la maison et y avons trouvé...

Il s'interrompit :

— Ah! mais, il ne parle que de lui, cet animal de Pigeonneau! Est-ce qu'il voudrait les palmes, lui aussi?

Il haussa les épaules et continua :

— Trouvé un individu qui s'est reconnu pour le nommé Chicot, et sa bande composée de deux particuliers en costume de carnaval, et de deux... de deux... qu'est-ce qu'il a donc mis là? Andalixes!

— Pour odalisques, Monsieur le Commissaire..., rectifia le secrétaire, rageant mais ne perdant pas de vue son rôle. Deux filles en toilette légère.

— Ah! oui, très bien. Ils ne s'embêtent pas, ces Messieurs...

Il reprit sa lecture :

— Au nom de Pied-de-Vache, le nommé Chicot n'a plus su que dire et il s'est laissé arrêter avec toute sa bande, moins un nommé Vercingétorix qui n'était pas là. « Vercingétorix! »

Le commissaire eut un sourire :

— Ils s'en donnent des sobriquets, ces gaillards-là!

Puis, laissant tomber le rapport :

— Asseyez-vous et prenez la plume. Je vais interroger tout ce joli monde et vous enregistrerez les réponses.

Il sonna et donna l'ordre de faire comparaître devant lui le nommé Chicot.

## XII

Entassés dans l'étroite pièce du poste, les uns sur les autres, les cinq prisonniers de Pigeonneau commençaient de la trouver mauvaise, en dépit de l'assurance que leur donnait Chicot, de régler tout ça avec le commissaire, quand on leur adjoignit maman Boucard, Charles et Angèle.

— Ah ! mais, ah ! mais, ça se gâte, gronda Chicot... Ils sont donc tous fous, dans ce commissariat !

Et de son cuivre le plus tonitruant, il se mit à réclamer, sur l'air des *Lampions* :

— Le commissaire ! Le commissaire !

Tous les autres, moins maman Boucard qui sanglotait et Julie qui avait des raisons pour ne pas se faire remarquer, imitèrent Chicot et ce fut un de ces concerts comme on en entend dans les ménageries quand toutes les cages se révoltent à la fois.

On les laissa crier un grand quart d'heure ; mais enfin, la porte s'ouvrit et Pigeonneau appela :

— Le nommé Chicot !

— Voilà !

— Monsieur le commissaire vous attend !

— Ah ! c'est pas dommage !

Et se tournant vers ses prétendus complices, l'artiste leur lança cette promesse :

— Cinq minutes, et vous êtes libres !

Il suivit Pigeonneau.

— Il y a mis le temps, votre commissaire !

— Fais-donc pas le faraud ! Tu sais bien ce qui t'attend, ricana Pigeonneau.

— Ce qui m'attend, c'est la liberté, et des excuses, de toi le premier !

Pigeonneau s'offusqua de ce tutoiement :

— Je vous défends...

— Ta bouche, bébé ! Un mot de plus et je te fais révoquer !

— Ah ! par exemple !

Pigeonneau entra en ouragan dans le cabinet du commissaire :

— Voici le citoyen .. Il m'insulte ! Il me menace !

— La paix, fit le commissaire. On va lui régler son compte...

Et, toisant l'artiste :

— C'est vous qui êtes le fameux Chicot ?

L'espoir de la sculpture française prit sa taille de douze pieds et son plus beau cuivre :

— Oui, c'est moi qui suis le fameux Chicot, le grand Chicot...

— Pas si haut ! Pas si haut ! observa le commissaire. Pas la peine de crier ni de faire le flambard. On connait vos exploits. Ils vont prendre fin. Votre compte est bon. Voilà quinze jours que votre associé et complice Pied-de-Vache est pincé...

-- Ah ! ah ! Pied-de-Vache !... Le voilà qui revient, celui-là ! Eh bien ! tant mieux. Je vais savoir enfin ! Voyons ! expliquons-nous...

— Eh là ! eh là ! C'est moi qui commande ici ! Je vous interrogerai, vous répondrez.

— Allez-y ! je suis prêt.

— Ainsi que l'a déclaré le nommé Pied-de-Vache, vous êtes le chef de la bande dont il faisait partie, la bande à Chicot, de votre nom.

— Ah ! la bande à Chicot... une bande à moi... Je suis le chef d'une bande...

— De cambrioleurs très dangereux.

— Ah !... je commence à comprendre... mais c'est épatant ! Je ne me doutais pas de ça !

— Ne blaguons pas, s'il vous plaît ! Reconnaissez-vous, oui ou non, être le Chicot, chef de bande ?

— Non, je ne peux pas faire ça pour vous.

— Vous niez ?

— Par force. Je n'ai jamais eu l'honneur de voir Pied-de-Vache ni personne de la bande dont il m'a proclamé le chef.

Et comme il en avait assez de cette mauvaise plaisanterie, Chicot parla sérieusement :

— Voyons, monsieur le commissaire, il est temps de sortir de là. Je suis le sculpteur Chicot, que tout Montmartre connaît. J'ai loué à Colombes un atelier où j'étais en train d'exécuter une statue pour le compte de l'Etat.

Le secrétaire et Pigeonneau rigolèrent ; le commissaire lui-même sourit :

— Oui, on sait que vous vous êtes donné pour ce que vous dites. Pas mal trouvé, d'ailleurs. Il doit y avoir à Montmartre un artiste qui s'appelle Chicot, vous lui avez cambriolé son nom à celui-là...

— Pardon ! Je suis réellement l'artiste de Montmartre, je peux faire appeler cinq cents personnes pour vous le certifier ; et j'exécutais réellement la statue en question quand vos agents sont arrivés...

— Ils vous ont trouvé avec deux filles en toilette plus que légère...

— Les modèles de ma *Baigneuse*, une œuvre que je destine au Salon.

— Ah ! aussi... Et les deux hommes déguisés...

— En chefs gaulois, mes modèles pour la statue que m'a commandée Roujon, un *Vercingétorix*.

A ce nom, qui figurait dans le rapport de Pigeonneau comme étant celui d'un autre complice, le commissaire commença à se tâter ; il entrevit la gaffe.

Chicot l'acheva en tirant de sa poche et lui mettant sous les yeux l'arrêté ministériel :

— Voici la commande officielle, Monsieur le commissaire... J'ajouterai à cela que mes deux prétendus complices sont deux négociants retirés des affaires et fort avantageusement connus de tout le commerce parisien, M. Boucard et M. Gagu, l'ancienne raison sociale Boucard et Gagu, pâtes alimentaires, rue Rambuteau. Quant aux deux femmes...

A ce moment, l'employé que le secrétaire avait envoyé téléphoner la grande nouvelle à la Préfecture de Police, rentra.

Les yeux hors de la tête, il fit irruption dans le cabinet :

— Monsieur le commissaire, on m'a demandé si vous vous moquiez de la Préfecture...

— Hein ? tressauta le commissaire. Comment ça ?

— Chicot et sa bande sont sous clé à Paris depuis avant-hier !

Le commissaire lança un regard terrible à son secrétaire, qui le transmit à Pigeonneau, qui chercha son camarade pour lui tout mettre sur le dos.

Et le commissaire se défendit d'être pour quelque chose dans la capture et il tomba sur le secrétaire :

— C'est extraordinaire tout de même ! Je ne peux pas m'absenter une seconde sans que vous fassiez des gaffes !

Et le secrétaire tomba sur Pigeonneau :

— Dites-donc, vous ! C'est votre révocation que vous avez cherchée, n'est-ce pas ?

Et Pigeonneau répondit :

— C'est mon camarade. Il est tout à fait loufoque.

Il n'était plus question des palmes ni du ruban rouge : c'était Pigeonneau qui avait tout fait.

Le patron demanda immédiatement sa révocation.

Cinq minutes après, Chicot ramenait tous les prisonniers à Colombes, et il riait :

— Sacré Pied-de-Vache, va ! Il faudra que je fasse sa connaissance.

Boucard et Gagu rentraient guéris de leur folie, si guéris qu'ils en oubliaient de se plaindre de Chicot ; mais, entre eux, ils se regardaient encore de travers.

Chicot les mit d'accord :

— Vous voulez votre statue, n'est-ce pas ? Une statue ressemblante ? Eh bien ! mariez vos enfants, ils vous la feront, votre statue !



Courbevoie. — Imp. E. Bernard, 14, rue de la Station

# *Petite Encyclopédie pratique*

DE

# CHIMIE INDUSTRIELLE

**Publiée sous la Direction de**

## F. BILLON, ingénieur-chimiste

Avec la collaboration de M. Auguste PERRET, licencié ès sciences.

---

Cette petite **Encyclopédie pratique de chimie industrielle** s'adresse à tous ceux qui considèrent qu'il est de leur devoir comme de leur intérêt de ne rien ignorer du mouvement scientifique contemporain.

Aussi dans ces trente volumes ne trouvera-t-on que l'exposé simple, en langage aussi débarrassé que possible de tout terme savant, des faits qui sont nécessaires pour comprendre les principales fabrications industrielles.

Démontrer l'importance du mouvement commercial auquel donne lieu l'industrie chimique, indiquer à chacun une utilisation possible de ses capitaux en permettant de se rendre compte rapidement des conditions d'établissement de certaines exploitations minières ou agricoles, donner à tous ceux qui emploient les produits chimiques la connaissance de leurs origines, de leurs propriétés; leur permettre de les utiliser et même souvent de les fabriquer au mieux de leurs intérêts, tel est le but de cette œuvre modeste mais que nous croyons utile.

Prix du volume broché **1 fr. 50**, relié **2 francs**, et la collection complète brochée.

Prix : [illegible]

---

**1. — Histoire de l'industrie chimique.** — La Chine, l'Inde, l'Égypte. — La Grèce, Rome. — Le moyen âge. — Le XVIe siècle. — Le XVIIe siècle. — Le XVIIIe siècle. — L'industrie moderne, principes de nomenclature et de notation chimique.

**2. — Le sel.** — Propriétés. — Distribution géologique. — Exploitation : marais salants, carrières et mines, sources salées. — Évaporation, eaux mères. — Industrie de Stassfurt. — Raisons physiologiques de l'emploi du sel.

**3. — Soude et potasse.** — Définitions. — Soudes naturelles, soude Leblanc, soude à l'ammoniaque. — Soude électrolytique. — Borate de soude. — Potasses naturelles, potasse de Stassfurt. — Potassium et sodium.

**4. — Soufre et dérivés.** — Exploitation du soufre natif et des pyrites. — Acide sulfureux, sulfites, hyposulfites. — Acide sulfurique. — Sulfure de carbone.

**5. — Chlore et dérivés.** — Chlore, hypochlorites, blanchiment. — Acide chlorhydrique, chlorate de potasse électrolytique. — Brome, iode et dérivés.

**6. — Produits nitrés et ammoniacaux.** — Ammoniaque, sources diverses, fabrication de l'ammoniaque et de ses sels. — Nitrates de potasse et de soude. — Acide nitrique. — Cyanures.

**7. — L'eau.** — Propriétés. — Eau potable. — Bactériologie. — [illegible] stérilisée, eau distillée. — Purification industrielle. — Eaux gazeuses. — Glace.

**8. — Le sucre.** — Sources. — Extraction. — Raffinage. — Usages, conserves, chocolats, sirops.

**9. — L'alcool.** — Fermentation alcoolique. — Matières premières. — Distillation, produits et résidus. — Alcools de consommation et d'industrie. — [illegible] emplois, toxicité, hygiène.

10. — **Vins et vinaigres.** — Levures, culture et sélection. — Fermentation, opérations qui la précèdent et la suivent. — Ses correctifs. — Maladies, altérations et sophistications des vins. — Vinaigres.

11. — **Bière, cidre, poiré.** — Bière, matières premières. — Germination. — Fermentation. — Conservation. — Cidre et poiré.

12. — **Farines et fécules.** — Céréales. — Obtention des farines. — Panification. — Gluten, pâtes alimentaires. — Amidon, dextrine. — Fécules.

13. — **Lait, corps gras alimentaires.** — Lait, production, conservation, composition, altérations et falsifications. — Beurre. — Beurre artificiel. — Fromages. — Axonge, huiles alimentaires.

14. — **Conserves alimentaires.** — Procédés physiques. — Dessiccation. — Froid. Enrobage. — Privation d'air. — Procédés chimiques. — Application aux diverses substances. — Viandes et comestibles. — Poissons. — Lait. — Légumes et fruits. — Confitures et gelées.

15. — **Matières animales.** — Cuirs, tannage. — Peaux ouvrées. — Gélatine, colles. — Noir animal. Albumines diverses.

16. — **Engrais.** — Matières végétales et animales. — Engrais chimiques, nitrates, phosphates, sels de potasse. — Chimie du sol.

17. — **Le bois.** — Conservation. — Distillation. — Pâtes à papier.

18. — **L'industrie des gaz.** — Liquéfaction de l'acide carbonique, du chlore, de l'oxygène, de l'acide sulfureux, de l'ammoniaque. — Froid artificiel. — Les gaz éclairants : gaz de houille, « gaz pauvres. » — Acétylène.

19. — **Le pétrole.** — Géologie, formation, gisements. — Exploitation. — Distillation. — Sous-produits et leur utilisation.

20. — **Corps gras industriels.** — Saponification, théorie. — Matières premières. — Huiles et graisses diverses. — Agents de saponification. — Savons divers. — Bougies. — Acide stéarique. — Glycérine.

21. — **La parfumerie.** — Essences naturelles, extraction. — Parfums artificiels, composition et fabrication. — Savons, eaux de toilette, préparations diverses.

22. — **Vernis, mastics et enduits.** — Matières premières, résines, caoutchouc, gutta. — Vernis divers. — Encres et cirages. — Mastics isolants et hydrofuges.

23. — **Teinture et impression.** — Couleurs végétales, couleurs d'aniline, composition et fabrication. — Impression.

24. — **Couleurs minérales.** — Blancs divers. — Rouges, cinabre, minium. — Bleu outremer. — Verts. — Bronzes en poudre. — Couleurs pour la verrerie et la céramique.

25. — **Explosifs, pyrotechnie, allumettes.** — Poudres, dynamites, fulmi-cotons, fulminates. — Pyrotechnie. — Phosphore, allumettes diverses.

26. — **Métaux terreux.** — Calcium, chaux, mortiers, ciments, plâtre. — Magnésium, terres rares. — Aluminium, argiles, aluns.

27. — **Fer, fontes et aciers.** — Minerais, distribution géologique, composition. — Fabrication. — Définition des fers, fontes et aciers industriels. — Emplois.

28. — **Cuivre, plomb, mercure.** — Géologie, extraction, métallurgie. — Applications.

29. — **Zinc, étain, nickel, cobalt.** — Géologie, extraction, métallurgie. — Applications.

30. — **Or, Argent, Platine.** — Géologie, extraction, métallurgie. — Applications.

---

**Collection complète en 30 volumes**

PRIX du Volume broché : **1** fr. **50** — La collection brochée : **40** fr.
— — relié : **2** fr. — — reliée : **50** fr.

# Petite Encyclopédie pratique
# AGRICOLE ET HORTICOLE

PUBLIÉE SOUS LA DIRECTION DE

**M.-C. LECHALAS,** inspecteur gén. des Ponts et Chaussées en retraite.

---

**Duclaux (E.),** membre de l'Institut, Directeur de l'Institut Pasteur. — **Principes de laiterie.**

Chapitre I. Constitution physique du lait. — Chap. II. Constitution chimique du lait. — Chap. III. Les microbes du lait. — Chap. IV. Etude de quelques fermentations spéciales. — Chap. V. Méthode d'analyse du lait. — Chap. VI. Traitement commercial du lait. — Chap. VII. Ecrémage naturel. — Chap. VIII. Ecrémage centrifuge. — Chap. IX. Barattage du lait ou de la crème. — Chap. X. Le beurre. — Chap. XI. — Principes généraux de la fabrication des fromages. — Chap. XII. Etudes des divers types de fromages. — Chap. XIII. Fromages à pâte ferme et non cuits. — Chap. XIV. — Fromages à pâte molle.

Un volume in-18 jésus, de 370 pages avec 25 figures. Prix : **3 fr. 50**

**Gain (Georges),** juge d'Instruction. — **Les Syndicats professionnels agricoles.**

Nouveau commentaire de la loi du 21 mars 1884, suivant la doctrine et la jurisprudence, et examen critique des propositions de loi présentées par MM. Marcel Barthe, Bovier-Lapierre, Lachèze et Méline.

Un volume in-18 jésus, de 317 pages. Prix : **2 fr.**

**Heuzé (G.),** insp. gén. de l'Agriculture. **La petite culture, agricole, légumière et fruitière, dans les campagnes et aux environs des villes.**

Chapitre I. La petite culture dans les régions agricoles. — Chap. II. Les exploitants. — Chap. III. Les agents de la production. — Chap. IV. Le matériel de la petite culture. — Chap. V. Les plantes de la petite culture agricole. — Chap. VI. Les plantes de la petite culture légumière. — Chap. VII. Production des plantes herbacées. — Chap. VIII. Production et récolte des graines légumières. — Chap. IX. Le bétail de la petite culture. — Chap. X. Les volailles de la petite culture. — Chap. XI. Les lapins. — Chap. XII. Les abeilles. — Chap. XIII. Les vers à soie. — Chap. XIV. Les arbres fruitiers dans les champs de la petite culture. — Chap. XV. Le jardin de la petite culture. — Chap. XVI. Récolte, emballage et vente.

Un volume in-18 jésus, de 401 pages avec 121 figures. Prix : **2 fr.**

**Larbalétrier (A.),** prof. d'Agriculture. — **Petit dictionnaire d'agriculture, de zootechnie et de droit rural.**

Un vol. in-18 jésus, de 199 pages, avec 23 fig. Prix cartonné : **2 fr.**

**Lechalas (M.-C.)** inspecteur général des Ponts et Chaussées en retraite, et de **Lalande (H.)** avocat au Conseil d'Etat. — **Les Cours d'Eau. — Hydrologie. — Législation.**

1re Partie : Hydrologie. — Chapitre I. Généralités. — Chap. II. Torrents, lacs et rivières. — Chap. III. Petits cours d'eau et fossés de dessèchement. — Chap. IV. Cultures permanentes.

2e Partie : Législation. — Chapitre I. Des cours d'eau navigables et flottables. — Chap. II. Des cours d'eau non navigables ni flottables.

Un volume in-18 raisin de 348 pages avec 35 figures. Prix : **2 fr.**

**Nivoit (E.)** insp^r gén. des Mines — **Eléments de Géologie.**

Cet ouvrage comprend les matières du programme de l'enseignement secondaire classique et moderne.

Chapitre I. Notions sommaires sur les roches. — Chap. II. Phénomènes naturels d'origine externe. — Chap. III. Phénomènes actuels d'origine interne. — Chap. IV. Constitution générale de l'écorce du globe. — Chap. V. Ere primaire. — Chap. VI. Ere secondaire. — Chap. VII. Ere tertiaire. — Chap. VIII. Ere quaternaire. — Chap. IX. — Géologie de la France.

Un vol. in-18 jésus, de 359 pages avec 156 fig. et 1 carte géologique. Prix : **2** fr.

**Petit (P.)** professeur à la faculté des sciences de Nancy. — **Nutrition et production des animaux, bœuf, cheval, mouton, porc.**

Chapitre I. Les Aliments. — Chap. II. Description des matières alimentaires. — Chap. III. Le corps de l'animal et ses fonctions. — Chap. IV Production des animaux. — Chap. V. Espèces bovine. — Chap. VI. Espèce Ovine. — Chap. VII. Espèce chevaline. — Chap. VIII. Espèce porcine. — Tables des compositions des matières alimentaires.

Un volume in-18 jésus de 331 pages. Prix : **2** fr.

**Plon (Ernest)**, vétérinaire-inspecteur du marché de la Villette. — **Le commerce de la boucherie.**

Chapitre I. Renseignements généraux. — Chap. II. Elève et engraissement des bestiaux. — Chap. III. Commerce des bestiaux. — Chap. IV Commerce de la boucherie en gros, ou commerce à la cheville. — Chap. V Commerce de la boucherie, de la charcuterie et de la triperie. — Chap. VI. La viande ; qualités, catégories ; fournitures aux établissements publics. — Chap. VII. Détails des prix de la boucherie dans les villes et dans les campagnes. — Chap. VIII. Abaissement possible du prix de la viande. — Chap. IX. Inspection de viandes. — Chap. X. Organisation de la vente aux consommateurs à Paris et en province. — Chap. XI. Boucheries hippophagiques. Règlements. — Chap. XII. Conclusion.

Un vol. in-18 jésus, de 359 pages avec fig. et 1 pl. Prix : **2** fr.

**Renard (A.)**, professeur de chimie agricole à l'École des Sciences de Rouen. — **Amendements et engrais.**

Chapitre I. L'air. — Chap. II. — L'eau. — Chap. III. Le sol. — Chap. IV. Amendements. — Chap. V. Engrais azotés. — Chap. VI. Engrais phosphatés. — Chap. VII. Engrais alcalins. — Chap. VIII. Analyse des terres. — Chap. IX. Analyse et valeur vénale des engrais. — Tableau récapitulatif de la richesse en principes fertilisants des principales matières employées comme engrais. — Répression des fraudes dans le commerce des engrais.

Un volume in-18 jésus, de 124 pages avec figures. Prix : **2** fr.

**Vilmorin-Andrieux. — Les légumes usuels.**

Les légumes usuels sont disposés dans l'ordre alphabétique pour faciliter les recherches. On a inséré à la fin du second volume :

1° Un tableau résumé des poids du litre de graines, des nombres de graines dans un litre et des durées germinatives.

2° Un calendrier des Semis à faire dans chaque mois pour les différentes conditions de culture, avec indication des époques de production.

3° Un tableau détaillé des choix de plantes potagères pour les divers climats et les différentes conditions de culture.

4° Des listes d'assortiments de légumes pour jardins de diverses grandeurs.

Deux vol. in-18 jésus. ensemble 610 pages avec figures.

Prix : **3 fr. 50** par volume.

L'introduction de cette excellente étude, a été écrite par M. H. de Vilmorin.

---

Prix de la collection complète des 11 volumes : **25** francs.

## NOMENCLATURE DES OUVRAGES DE LA COLLECTION

1. — **Terrassements, Fondations, Echafaudages.** — Fouilles. — Sondages. — Outils pour sondages. — Fouilles en puits, en sous-œuvre. — Fouilles sous l'eau. — Pilotis. — Poussée des terres. — Echafaudages. — Poids du mètre cube des principaux matériaux de construction. — Proportions des diverses parties d'une construction.

2. — **Matériaux de construction** (*Emploi et résistance*). — Sables. — Cailloux. — Pierres naturelles. — Matériaux artificiels. — Calcaires. — Plâtre. — Briques. — Mortiers, chaux, Ciments. — Bois. — Fonte, fer, acier, bronze, cuivre. — Traction. — Compression. — Flexion. — Torsion. — Tableaux numériques des charges de rupture et des coefficients de travail des divers matériaux suivant leur emploi.

3. — **Maçonnerie en général.** — Maçonnerie de pierres de taille, de moellons, de meulière, de briques, de béton, de ciment. — Murs de fondation, de façade, de clôture, de soutènement, de réservoirs. — Appareils divers des pierres. — Murs creux et murs en briques creuses. — Conduites de fumée. — Fosses d'aisances. — Chaînage des murs. — Baies, linteaux, arcs de décharge, portes, fenêtres, meneaux, pilastres en pierre. — Voûtes en berceau, d'arête, en arc de cloître, en anse de panier. — Cubature et stabilité des voûtes. — Escaliers en pierre.

4. — **Charpente en bois.** — Assemblage des bois. — Poteaux, Poitrails et planchers en bois. — Poutres armées. — Maîtresses poutres. — Distribution économique des solives dans un plancher. — Charge des planchers en bois. — Combles. — Distribution économique des pannes dans une ferme. — Comble à la Mansard. — Combles pour magasins et ateliers. — Calcul d'un comble et d'un appentis.

5. — **Menuiserie en bois.** — Menuiserie intérieure. — Lambris. — Impostes. — Fenêtres et portes. — Persiennes, volets, jalousies. — Parquets. — Tracé des escaliers. — Escaliers en bois. — Ascenseurs. — Monte-charges. — Echelles de sauvetage pour incendies. — Clôtures, treillages. — Constructions rustiques.

6. — **Charpente en fer.** — Planchers, colonnes, pilastres et poitrails métalliques. — Charge des colonnes, des planchers en fer et acier. — Planchers métalliques hourdés en poteries ou en briques. — Planchers constitués par des poutrelles courbes métalliques. — Planchers en ciments armés. — Pans de fer. — Combles métalliques. — Appentis en bois et fer. — Comble Polonceau. — Combles à panneaux. — Combles Pombla. — Combles en tôle ondulée. — Combles Shed. — Hangars. — Distribution économique des pannes dans un comble métallique.

7. — **Serrurerie et Menuiserie en fer.** — Serrures. — Ferme-portes. — Portes et fenêtres métalliques. — Fermetures de magasins en fer et tôle. — Escaliers en fer, fonte, tôle, zinc. — Ferronnerie. — Grilles. — Marquises.

8. — **Peinture, Vitrerie, Décoration, Carrelages.** — Légers ouvrages en plâtre : enduits, renformis, crépis, moulures, corniches. — Cloisons légères. — Aires de planchers. — Plafonds. — Peinture, vitrerie. — Papiers de tenture. — Marbrerie. — Décoration intérieure et extérieure. — Pavage en grès, en asphalte, en briques, en ciment, en bois. — Pavages et carrelages céramiques. — Mosaïques. — Pavages en verre. — Trottoirs. Voies publiques, cours.

9. — **Fumisterie, Chauffage, Ventilation, Eclairage, Electricité.** — Cheminées, Poêles, Calorifères. — Ventilation domestique. — Girouettes. — Eclairage. — Gaz. Conduites de gaz. — Electricité à la maison. — Téléphonie. — Paratonnerres.

10. — **Distribution d'eau, Assainissement.** — L'eau à la maison. — Conduites d'eau. — Evacuation des matières usées. — Le tout à l'égout. — Appareils sanitaires. — Filtres, réservoirs, robinets, éviers, bassins, jets d'eau, pompes, puits, citernes. — Hygiène des habitations. — Water-closets, urinoirs. — Bains.

11. — **Couverture, Plomberie, Zincage.** — Couverture en planches, en carton bitumé, en tuiles, en ardoises, en tôle ondulée, en plomb, en cuivre, en zinc, en produits céramiques. — Pente et charge des combles suivant leur destination. — Chéneaux, gouttières. — Plomberie sanitaire, etc.

12. — **Lois et règlements concernant la construction.** — Droits du propriétaire et du locataire. — Honoraires. — Métrage. — Vérification.

**N° 7. — Guide pratique d'éclairage électrique.**

I. La lumière électrique, historique. — II. Distributions d'éclairage, stations centrales, procédés divers. — III. Description des lampes à arc. — IV. Branchement et pose des arcs, mise en marche, entretien. — V. Démontage et réparation des lampes à arc. — VI. Fabrication des lampes à incandescence. — VII. Appareillage de distribution, tableaux, rhéostats, coupe-circuits, douilles, etc. — Appareils de lumière divers, projecteurs, microscope photo-électrique, etc. — Appendice.

**N° 8. — Le Monteur-Appareilleur Électricien.**

I. Travaux du monteur, outillage. — II. Pose des canalisations domestiques, jonctions, épissures des fils, etc. — III. Pose des lampes à incandescence, isolement des fils. — IV. Appareils de mesure, compteurs, etc. — V. Soins d'entretien, cassage des lampes, courts-circuits. — VI. Installation d'un moteur ou d'une dynamo, mise en marche, etc. — VII. Montage de divers appareils électriques.

**N° 9. — Transport électrique des forces.**

I. Transmission de l'énergie, théorie, historique. — II. Les moteurs hydrauliques actuels. — III. Stations électriques avec moulins à vent. — IV. Transformateurs par courant continu. — V. Transport par courants alternatifs. — VI. Les transformateurs à haute tension. — VII. Installation d'une station pour l'envoi de la force. Machines à employer, etc. — VIII. Installation et soin des moteurs à courants continus et alternatifs polyphasés. — IX. Les tramways électriques, systèmes divers.

**N° 10. — Réseaux téléphoniques et sonnettes.**

I. Les sonnettes électriques, description des divers modèles. — II. Pose des sonnettes, outillage, soins d'isolement, plans de pose. — III. Entretien de sonnettes, nettoyage, piles. — IV. Fonctionnement du téléphone et du microphone. — V. Description des appareils en usage. — VI. Installation de deux postes magnétiques. — VII. Pose des lignes, isolement des fils, soins divers. — VIII. Remèdes contre l'induction (friture), réparations des lignes et des postes. — IX. Renseignements divers sur les téléphones.

**N° 11. — Manuel de l'Electro-Chimiste.**

I. — Théorie des dépôts électrolytiques, historique. — II. Appareillage pour l'électro-chimie, dynamos, piles, bacs, cuves, conducteurs. — III. Galvanoplastie le moulage, les bains. — IV. Le cuivre, affinage, dépôt électrolytique. — V. La dorure et l'argenture. — VI. Le nickelage. — VII. Conduite des bains, densité de courant. — VIII. Formules et recettes. — Appendice.

**N° 12. — L'Électricité pour tous.**

I. Générateurs d'électricité domestiques, piles et machines. — II. Lumière électrique domestique par piles. — III. Lumière domestique par dynamos et machines. — IV. Moteurs domestiques, emplois divers. — V. La cuisine électrique. — VI. Pose des sonnettes, téléphones, avertisseurs domestiques. — VII. Les allumoirs et appareils divers. — VIII. Electricité médicale. — IX. Les appareils Trouvé.

---

Prix de chaque volume : broché. **1** fr. **50** relié. **2** fr.

La collection de 12 volumes : brochés **15** fr. reliés **20** fr.

# Petite Encyclopédie
## Scientifique et Industrielle

PUBLIÉE SOUS LA DIRECTION
de **Henry de GRAFFIGNY**
INGÉNIEUR CIVIL

## La Télégraphie sans Fil

Le mouvement de la nature. — Historique de l'art des signaux. — Télégraphie sans fil par ondes lumineuses, par ondes électro-magnétiques, par ondes électriques. — Les expériences de Marconi. — L'appareillage de télégraphie sans fil et les expériences de M. Ducretet. — Expériences diverses : Popoff, Tesla, etc. — Applications de la télégraphie sans fil.

*Un volume de 160 pages et 43 figures.* *Prix :* **1 fr. 50**

## Les Nouveaux Ascenseurs

Définition et classification des ascenseurs. — Les ascenseurs à puits, à compensateurs, sans puits, électriques, hydro-électriques, à air comprimé. — Les manœuvres et la sécurité des ascenseurs. — Les monte-charges. — Les ascenseurs hydrauliques pour bateaux et pour chemins de fer.

*Un volume de 160 pages et 57 figures.* *Prix :* **1 fr. 50**

## Les Nouveaux Systèmes de Chauffage

I. Production et utilisation de la chaleur. Théorie et classification des appareils de chauffage. — II. Le chauffage par le soleil. — III. Chauffage par cheminées et grilles au bois, au coke, à la houille, aux agglomérés, etc., etc. — IV. Chauffage par l'air chaud, calorifères et poêles. — V. Chauffage par la vapeur à haute et à basse pression. — VI. Chauffage au gaz. — VII. Chauffage par le pétrole, l'essence, l'alcool. — VIII. Le chauffage électrique.

*Un volume de 160 pages et 48 figures.* *Prix :* **1 fr. 50**

## L'Opticien
### Guide historique et pratique

Par JACQUEMIN

Historique de la lunette et de la fabrication du verre. — Fusion du verre. — Verre de couleurs. — Cristal de roche. — Myopie. — Presbytie. — Strabisme. — Choix des verres et des montures. — Verres périscopiques et sphéro-cylindriques. — Cataracte. — Anatomie de l'œil. — Mécanisme de la vision. — Vision. — Prismes. — Jumelles à prismes. — Optomètres. — Sphéromètre. — Lunette astronomique. — Jumelle de théâtre et de marine. — Tableau comparatif des anciens numéros sur les Dioptries. — Divers caractères d'écritures pour essayer la vue.

*Un volume de 160 pages avec figures.* *Prix :* **1 fr. 50**

Courbevoie. — Imp. E. Bernard, 14, rue de la Station.

Courbevoie. — Imprimerie E. Bernard.

www.ingramcontent.com/pod-product-compliance
Ingram Content Group UK Ltd.
Pitfield, Milton Keynes, MK11 3LW, UK
UKHW031858260826
14628UKWH00002B/842